一碗奶茶一个馕

文昊◎编

新疆美术摄影出版社
新疆电子音像出版社

图书在版编目(CIP)数据

一碗奶茶一个馕 / 文昊主编. -- 乌鲁木齐 : 新疆美术摄影出版社 : 新疆电子音像出版社, 2013.10

(亚洲中心文化丛书)

ISBN 978-7-5469-4430-2

Ⅰ. ①一… Ⅱ. ①文… Ⅲ. ①散文集 - 中国 - 当代 Ⅳ. ①I267

中国版本图书馆 CIP 数据核字(2013)第 244662 号

亚洲中心文化丛书　文昊 主编

本册书名　一碗奶茶一个馕
编　　者　文 昊
图片提供　昆 泉　晏 先　张 筠　段 离　王树声　文 焱　金 炜
　　　　　吴凤翔　康 剑　张文成　文 昊　小 雨　向 京　王 鹏
责任编辑　吴晓霞
装帧设计　党 红　李瑞芳
出　　版　新疆美术摄影出版社
　　　　　新疆电子音像出版社
社　　址　乌鲁木齐市经济技术开发区科技园路 5 号（邮编：830026）
电　　话　0991-3773930
发　　行　新华书店
印　　刷　三河市燕春印务有限公司
开　　本　787mm × 1092mm　1/16
印　　张　10
字　　数　125 千字
版　　次　2014 年 1 月第 1 版
印　　次　2014 年 1 月第 1 次印刷
书　　号　ISBN 978-7-5469-4430-2
定　　价　29.80 元

CONGSHU
人文地理丛书
NGRENWENDILI

目录

新疆 Minsu Fengqing 民俗风情

◆自然风情 1

Local contion and customs

目录

自然风情

Local contion and customs

自然风情

1 Xinjiang humanities and georghgy

吐鲁番的村庄

文＼张世明

到北京旅游要逛胡同，只有胡同里才真正展现出老北京京腔京韵的原汁原味；到上海旅游要逛里弄，只有里弄里的吴侬软语才是真正的海派文化。所以人们说：到北京不逛胡同等于没有到北京，到上海不逛里弄等于没有到上海，而我说，到吐鲁番不逛村庄等于没有到吐鲁番。当你在高昌故城、交河故城探寻千年前的奥秘；在坎儿井、葡萄沟饮用甘泉、品尝佳果后，你一定还要去戈壁深处的绿洲转一转。那里的一块石头，一条小路都有讲不完的故事。只要走近，它就会像维吾尔族汉子跟你大碗喝酒，维吾尔族姑娘围着你摇动脖子跳麦西来甫一样过瘾。

摄影：文焱

神奇的吐峪沟

我被包围了，被四周散发着浓厚的各种宗教文化气息的建筑包围了。伊斯兰教的、佛教的，还有景教、摩尼教的，有些建筑我还从来没有看见过，这一切又都在火焰山的深处。我就这样静静地站在山坡上，在强烈的阳光下注视着周围的一切。这些各种形状的建筑物也在阳光中充分展示着自己的姿态，生怕人们忽略了它们中的哪一位而被委屈和冷落。作为一种文化，特别是宗教文化，会像溪流顺着溪涧注入广阔的大地一样浸入人们的头脑，以争取更多的信徒。它们相互之间的撞击、排斥，总是大于包容和吸收。多种宗教文化特别是东西方文化，与古朴的乡村汇集一处在全世界也是十分罕见的。

吐峪沟独享了这一份天伦，难怪各国很多大探险家、考古学家都曾经把自己的足迹留在了这里。

我们的身边是一大片麻扎（墓地）。麻扎的围墙用生土筑成，墙面上塑有一个个像伊斯兰门楼常用的弓形图案。麻扎里的坎唯热（坟墓）一排一排，密密麻麻，有的粉刷成白色，有的仍是泥土本色。这些坎唯热形状各异，可分 3 种，最简单的坎唯热就是在地上堆成山脊状的土堆，土堆上再架几块土块。再复杂一点的就有好几层了，并分性别用泥土而筑。那种上面呈圆筒形的是男性坎唯热，它的长方形底座象征土地，中间一层象征庄稼，上面的圆筒形象征碾子。那种上面一层呈条形的是女性坎唯热，它的基座象征织机，中间一层象征面板，上面的条状象征擀面杖。无论男女，均不用棺木，遗体只在沐浴后用白布包裹。

寂静的麻扎，沉睡的坎唯热，蕴含着一种追求和昭示，以其比声音更为有力的形象告诫穆斯林，必须勤劳节俭，即便在天国也需陪伴着土地和工具，男耕女织，创造财富，创造美好。

麻扎左上方的山坡上，屹立着一座拱拜儿。这种圣人之墓的基座是白色的四方形墙体，基座上是一个蓝色穹顶，象征天圆地方，天蓝地洁。一条泥土坡路通往拱拜儿大门，沿途插着两排用各种颜色布条扎成的旌幡。这就是有名的七睡人圣寺，也是使吐峪沟这个偏僻的小山村名闻遐迩之所在。

这一切都源于一个古老的传说——有 7 位朝圣者，为传播伊斯兰教寻找会回应他们的呼吁而忏悔的人，已经走遍世界，最后他们一直向前走去，还是没有人回应他们的呼吁。失望之余，他们进入一个洞穴，躺下来休息，打算等人们愿意听他们的话，离开邪恶的生活方式归向“阿拉”为止。过了 1000 年，他们重新打起精神，再度走向世界，却发现情况不但没有改善，而且更加糟糕。地上的居民比以前更邪恶。于是，他们又折返和平的穴居中，这一次有一只小狗出现在洞口，要求追随他们。他们中一人怒斥：“走开，你不过是一只狗！”狗反驳道：“难道我不是‘阿拉’所养的生灵吗？”他们承认小狗的话很对，答应了小狗的要求。从此小狗就在洞中陪着 7 名圣人长眠，等待“阿拉”叫醒他们，走出洞中，在外面迎接正义降临人世的黎明。

这是一个很不起眼的小山洞，就在拱拜儿里边，洞口一米来高，七八十厘米宽。

每逢古尔邦节，有很多虔诚的穆斯林前来吐峪沟朝拜七圣人，偏僻的吐峪沟小山村就热闹了。诵经的声音在山间回响，久久不绝于耳。信徒们将牌匾，各种色泽鲜艳的织物挂在拱拜儿内。

我们的左下方是十多千米长、几十千米深、峭壁如削的有名的吐峪沟大峡谷。那深深谷底两侧的悬崖上，可见一排一排参差错落的洞

摄影：文焱

窟，这就是吐峪沟千佛洞。崖壁在阳光的照耀下，灰色的、土红色的分外显眼，只有洞窟的口子是一片暗淡的阴影，那种气氛让你还未嗅到佛经的油墨味，就已感到这门学问的深不可测和难于接近。山风刮过来，在洞口响起呼呼的声音，仿佛是久远的晨钟暮鼓和低吟的诵经梵语。

佛教是由西向东逐渐传入我国的。可以说，吐峪沟千佛洞的开凿，应该早于莫高窟。据说唐玄奘去西天取经也曾路过这里。敦煌出土的文献《西州图经》有对吐峪沟当年佛教盛况的记载，在吐峪沟中有随山势展布的重重寺院，它们背靠危峰，下临涧溪，四周绿树掩映，佛寺、禅院密集，佛乐飘飘，烟火不断，游僧云集；人行沟谷深处，竟难见日月。佛寺中高塔耸入云霄，横跨东西的桥梁，如彩虹般，往返沟谷东西，如履平地，毫无攀援跋涉之苦。昔日的盛况演绎成了历史，只能让人们从文献中去体味遐想，剩下的只有衰败的洞窟以及洞窟中残破的佛教文物和佛家弟子的叹息。

虽然岁月的风雨侵蚀以及人为的破坏，使洞窟的艺术品损失太多太重，但是留下来的壁画，较之于其他地方的风格和造型均有独特之处，因而作品仍然是观光者必然驻足的地方。西区第四窟穹顶的飞天有好几身，其造型，头顶发髻高束，裸露着丰腴的上身，以左手托盘，右手撒花，宽大的袍袖和飘逸的罗裙，双足赤裸，虽匠心颇费，但其构图动态和线条还是不如敦煌的优美流畅，表明绘画时间早于敦煌，系高昌时期的作品，也可以说是敦煌飞天的前身。这里与其他洞窟的壁画构图不同的还有佛像坐在胡床上，周边装饰为粗线条的忍冬纹，佛像披通肩式宽衣，整体描绘线条粗犷；东部 2 区的 3 号洞窟，结构复杂，在主室后壁和左右壁均凿有耳室，这种结构在其他地方的洞窟中也是少见的。此洞壁画破损严重，仅剩下两层。其中一层绘着一棵菩提树，树下打坐的僧人坐在胡床上。他的左侧绘有舍利塔、宝珠、水瓶及琵琶、排箫等乐器，构图复杂。值得一提的是吐峪沟的千佛洞与敦煌莫高窟一样也有藏经洞，而且洞中文物遭受了同样的不幸命运。只是敦煌莫高窟的藏经洞为王道士所发现，而吐峪沟藏经洞的发现者是一名德国人，他叫勒·寇克，考古学家。他曾在吐峪沟千佛洞移开一块巨大的石板，发现一个波斯式秘洞，洞中藏有许多手稿，其中有

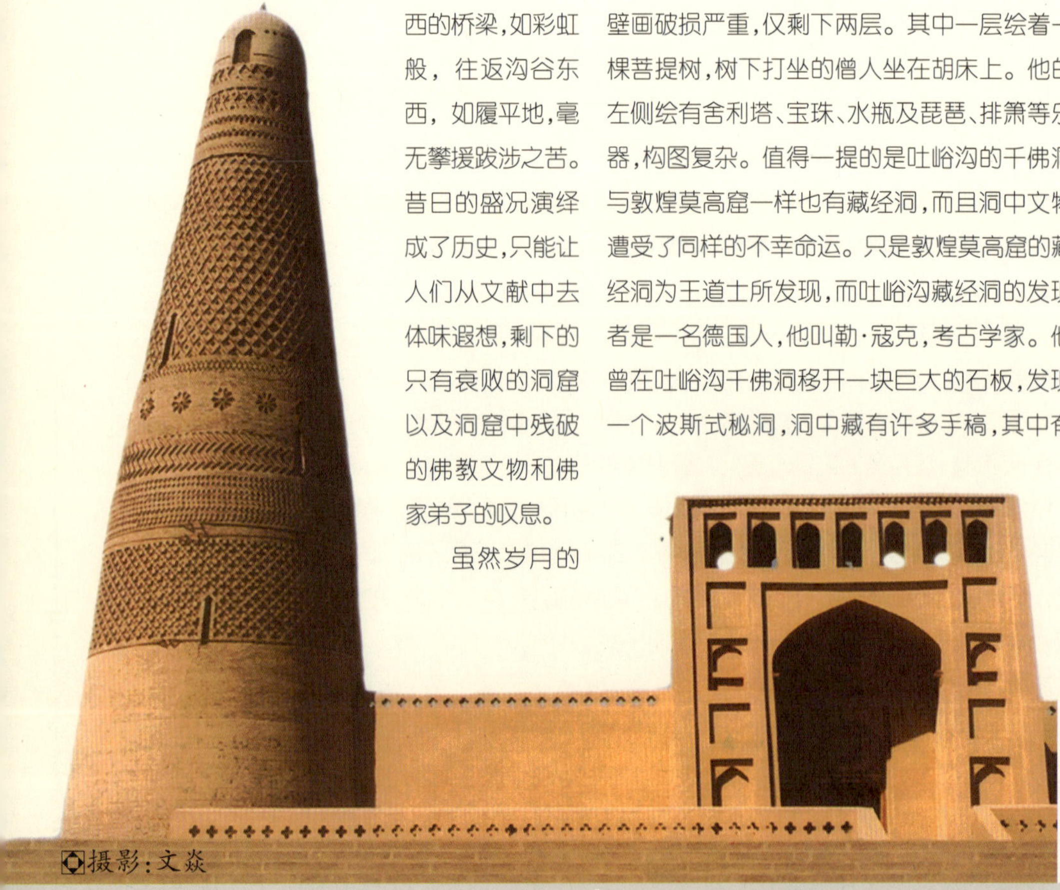

摄影：文焱

一些手稿写作的日期可以追溯到8~9世纪。很不幸，手抄稿大多已遭严重焚毁或留有残痕，但他发现了一些极美的刺绣品，以及令他陶醉的以折弯的木头制成、形体浑圆、上有盖子，以红、黄、蓝色漆得很精致的小小圣骨匣。斯坦因也曾进入这些洞穴，并在他的文献中写到其中的壁画装饰和萨珊尼式的圆形浮雕，以及许多中文经文，这些经文的反面还有回鹘文的对照。当然这些珍品都被那些蓝眼睛高鼻梁的探险家们带回国作为宝物收藏了。

宗教构筑的境界让人感到神秘虚幻，现实中的吐峪沟却是实实在在地让人怦然心动。坐落于峡谷另一侧的吐峪沟村是全疆保存最完整的维吾尔族古老民居的活标本。这些民居均用生土块砌成墙壁，门窗很小，饶有趣味的是窗户口都是室外口小，室内口大，像一个长方形喇叭。这种窗口，外可以挡风沙，内可以透阳光。窗棂大多雕有简单的杏花图案。房子平顶，顶上也盖着一层泥土，不论是单独成栋还是相互连接，远远望去，都是一个一个的立方体，就像一些漆成土黄色的积木不经意地依山就势堆砌着，又像一座座古堡层层叠叠，从谷底向上垒到山坡。冬天和初春，房子的泥土本色与村后的山坡，村前的田地融为一体，非常冷清；到了夏天，田野里的葡萄园一片碧绿，大路上桑树成行，整个村子就丰富多彩了。4根粗柱似的清真寺的宣礼塔从土黄的屋顶上伸出来，像一排绿色的树干，不，最像的是正待发射升空的火箭，只是这个想象不太与这种祥和的环境相融洽罢了。村口一棵几人才能合抱的古老桑树，说不清它到底生长了多少年，醒目的树枝交叉错节，向好奇的游人诉说历史的沧桑。借古桑浓阴顺级而下，一条溪流从村中穿过，溪上架着好几座简单的小桥。溪沟两岸生长着茂密的树木，透过枝叶的缝隙，可以看见流水潺潺。清真寺的大院里，静悄悄，望着墙上一块块土坯，让人联想到厚重、深远的历史积淀。

这里的民居大多可分两种。一种是平房，平房大都有地窖，也有的房子一半就在地下；另一种是楼房，多为两层。首层一间一间用砖砌成拱顶，形似窖洞，再上面则是砖木结构，只是屋顶依然盖着泥土。房子的墙壁很厚，一般都有半米，最厚的也有一米左右。这些地窖或窑洞冬暖夏凉。无论是平房还是楼房，每户屋前都有一个大凉棚。凉棚的椽子都是架在房顶再向前伸出来的，所以凉棚都比房子高。楼房的凉棚不仅更高大，而且很讲究。柱子是合抱的大树做成，五六米高，十分挺拔，横梁还雕着各种伊斯兰风格的图案，煞是气派。

真的是一方水土养一方人。这种泥土筑成的房子只有在干旱少雨的地方才适合，如果是我们南方，一场大雨就给泡垮了。由于气候干燥，这里的地下室和窑洞也不像我们南方有霉湿味，住在里面十分舒服。吐鲁番远不是人们传说的热得那么可怕，什么“人在水缸里办公”之类的传说只不过是人们的杜撰而已。虽然这里气温高，但人并不难受。当远在湖南的家人告诉我说那边33℃已热得汗流浃背，吃不下饭时，吐峪沟的气温已达43℃，而我竟在正午光着头爬上山梁采风。这里热是热，也就同湖南33℃时差不多。当我坐在房子里爬格子时，不仅没开空调，而且还穿着棉毛衫。室外的建筑工人也是光着脑袋在施工哩。我来吐鲁番之前对这里的高温诚惶诚恐，来了之后，才知道这里气候的独特性，加上这种隔热性能良好的房子，还有晚上的凉爽，吐鲁番人过夏天远比我们江南人过夏天舒服多了。我没有想到自己竟在吐鲁番避暑了。吐峪沟，留给我一堆难解的谜。

车过连木沁

轿车穿过莽莽戈壁顺着流水“哗哗”的溪沟边的公路拐过一个弯，跃上一个高坡，眼前立即出现一片奇观。一大片黛绿色的树林，茂密的枝叶一排一排，一层一层，拥挤得看不见一根树干。由于光照充分，昼夜温差大，吐鲁番的树叶比我们湖南的还要绿得多。湖南的树叶是黄绿的，而这里的树叶是墨绿，看上去，简直就是黑压压的一片。山谷的风一阵阵将枝叶压弯下去，枝叶似乎不甘屈服，倔强地伸了起来，但很快又被风压下去了，如此反复，真像起伏的波涛。远处的山脊光秃秃的，逶迤绵延，环绕在这片黑压压的树林四周，这片林子就真像一个偌大的“水库”了。在那些山脊的背后，蔚蓝色天空的下面，一座座雪峰耸立在白云里，一朵朵白云飘荡在雪峰顶上，有时还会让人把白云认作雪山，把雪山认作白云。好一组壮美的雕塑群。最让人诧异的是，树梢上常有一些白色的似花非花的东西闪动着，炫人眼目，有时一团团挂在树梢，有时一大片从上至下挂在树身。“是花吗？”我禁不住发问。买提尼牙孜告诉我，那是青杨的叶背在阳光照耀下发出的反光。他还说，这里是连木沁乡（湿地）。

连木沁，我大吃一惊。

早春，我也曾路过这里。那时，这里新疆杨的树干没有一片叶子，光光的树干笔直地直插蓝天，主干上长着的小枝也束束向上伸展，像一把火炬。那些泥土颜色的平顶农舍稀稀落落地隐藏在树林中。土地裸露着胸膛，不时有手扶拖拉机和毛驴车往地里拉着肥料。村子外，山梁上一栋栋干燥的葡萄晾房就像一个个木匣子随意摆放着，隐约可见四壁布满通风的孔洞；一座唐代的古烽火台矗立在山坡，加上一望无际的戈壁，映入眼帘的物体应该说是繁多的，但色彩实在太单调了。这种单调给新来乍到的人在心理上形成很强的压抑感，尤其是在青山绿水中长大的江南人，面对一片枯黄心慌得厉害。我在内心责备上天对这里太过于吝啬而深表怜悯的同时，目光中也对这片单调露出了几分小视，但很快我发现我可能错了。那种单调造成的压抑及心慌被陡然间的变化一下子放松了许多，而且这种变化就像魔术师变戏法变出来的，又像一个睡眠充分的人醒过来后，显出的充沛的精力。只不过几天，这里的颜色变得丰富多彩了。近看，村庄里一树树梨花似雪，杏花似火，盖着屋顶，遮住门檐，远远看去，隐隐的一大片，又像梦中幻景。

更让我没有想到的是，只相隔一个半月，我再次经过火焰山下的连木沁，这里不仅已一片

◎摄影:晏先

绿色世界，而且好几种水果也摆在街道上散发着诱人的香味了。正如这里的人说的，吐鲁番的气温变化大，作物生长特快，不要说一天一个样，就是上午下午也不一样。

我们驱车拐进连木沁巴扎（集市），道路两旁树木的枝干像是伸出的手臂，相互交叉，浓密的叶子遮住了天空，像一个长长的隧道，没有了一丝阳光。越过溪流上的一座石桥，轿车沿溪边简易公路缓缓行驶。溪沟两边的白杨密密匝匝地生长着，人行其中，非侧身而不能过，偶尔才能见到一块麦地夹在林中，刚刚抽出的新穗吐着馨香。农舍从一丛丛绿色中偷偷地露出一角，好像怯生生的少女在好奇地窥视我这个远方来客。

坐车在一条清水奔流的渠边停下来，渠道一边有一排平顶房子，房前均有小桥，流水就在门前欢快地穿桥而过。这些天山上流下来的雪水，把这戈壁上的焦土滋润得丰腴肥美，几棵桑树和杏树的枝头盖在水面上，树下坐着几个维吾尔族男女，他们一边摘果子送往嘴里一边聊天，还有女人正在水边洗衣服。见我们过去，一伙人都热情地招呼我们，要我们自己采摘鲜果品尝。桑葚从绿叶中露出，白的如水晶，每一粒都有拇指大。桑葚这东西在湖南怕是绝迹了，即便很多年前这东西存在时，不仅没有这里的大，也不怎么甜，而且全是紫色的，因此根本没有人将它当做正儿八经的水果。只有馋嘴的细伢子偶尔吃几粒，嘴唇也就被果汁染得像涂了龙胆水，留下一副难看的样子让人取笑。吐鲁番的桑葚又大又甜，农民们采了，装成一小篮一小篮，摆在街头上卖，还很走俏。我拉下一根桑树枝条，摘了一粒桑葚放进嘴里。桑葚入口即融，甘甜如蜜，清香醉人，干渴的我顿时满口生津。难怪法国女传教士蜜德蕊·凯伯和她的伙伴们在他们晚年所著的回忆录中还留念自己几十年前品尝吐鲁番桑葚的美味。接下来，我几乎是贪婪地将桑葚一颗颗送入肚子里，手上留下的糖渍粘乎乎的。我决定换换口味，一棵杏树上果实累累，像一堆鸟蛋，把枝条压得弯在了地上。我俯下身子摘了两个黄黄的杏子，就着渠水洗了洗，一边品尝杏子甜中带酸的滋味，一边感叹，好一处"小桥流水人家"，在这戈壁深处的绿洲。

我们又去河滩戏水，河滩有几十米宽，一个汉族小孩和两个维吾尔族小孩正在水边玩耍。孩子们天真无邪地在一起非常热闹。河水流淌着，清澈见底，各种颜色的卵石浸在水中，我忍不住率先脱掉鞋袜，赤脚在水中的卵石上走着。买提尼牙孜和阿里木也经不住我的高兴劲的诱惑，跟着下了水，还连喊"舒服"。一条小鱼游过来，让人妒忌它的自由自在。我捡了几颗光溜溜的卵石留作纪念，又捧水洗脸。水很清凉，冲走了燥热和汗渍。热情大方的汉族小孩还一个劲地鼓励我们："喝吧，这水可以喝的。"果真，水很甜，比买的那矿泉水好多了。我看娃娃可爱，就向他头顶浇水，他埋下头躲着我浇去的水，不让水流进眼里，然后抬起头朝我微笑着。一辆摩托车驮着一个美丽的维吾尔族姑娘从对岸冲过河来，飞速转动的轮子激起好高的浪花，姑娘快乐地笑着，露出一排洁白的牙齿，仿佛将两岸黑森森的树林都照亮了，引得岸边几个巴郎子一齐向她望直了眼。当然，也包括我们一行中的几人。

美丽就那么富有吸引力。

返回的时候，我们的坐车是在葡萄园中的一条便道上驰过的。这些当初袒露的黄土，而今已被浓绿的葡萄藤叶盖住了，在风中摇曳的叶片一眼望不到边。正是葡萄扬花时节，一股淡淡的幽香时断时续。绿叶不时拂打车窗，车身在土路上颠簸着，那感觉，真像乘坐一艘小艇在波浪滚滚的湖水上扬帆。

连木沁，回想曾经对你的小视，我汗颜了。你的美给予我的享受是我一生中从来没有过的，你一定还有比这更美丽的地方，只是我还没有发现，我一定还会去寻找去享受的。

摄影：晏先

达坂城之恋

DABANCHENG

文/李 冬

摄影：文焱

认识阿娜尔罕是在达坂城的巴扎上。那是去年夏天，我独自一个人背着画板来到王洛宾创作的歌曲中唱到的达坂城写生，我乘了一辆乌鲁木齐旅游局的专线旅行车，抵达达坂城后，旅行车在离巴扎不远的地方停了下来。听不懂的叫卖声此起彼伏。在那些小贩面前摆满了各种土特产品、时令瓜果和精致铜器。我取出画板画了几张充满伊斯兰风情的素描，可感觉并不满意。因为我一直没有发现情歌王子歌曲中唱过的花辫姑娘。失望之余，免不了遗憾。正当我准备收起画板之际，不远处一个身穿粉红色连衣裙，头戴小花帽的维吾尔族少女进入了我的视野。天！在她小花帽下面，竟还留着我久违了的小花辫。她正专心致志地坐在那儿，手里捧着厚厚一本画册，面前是一大堆放得整整齐齐的哈密瓜。她的出现激发了我创作的灵感，我立即用铅笔飞快地在画板上勾勒出一位正在卖瓜的维吾尔族少女形象。画完之后，我决定把画送给她。这可是我平生第一次作出那样重大的决定，因为根本不认识对方，而且对方是一位维吾尔族少女。

她见我走到她跟前，便用流利的普通话问我买瓜吗，我当时也不知哪来的勇气，说我不买你的瓜，不过我要送你一幅画，说完便把画递给她。她接过画后仔细地看了看，然后用手指指着她自己小巧的鼻子，问："是我吗？"我点了点头。她又不解地问："可你为什么要画我呢？"是呀，我为什么要画她呢？我灵机一动，说："因为你有小花辫。"她听了"扑哧"一声笑了出来，她这一笑拉拢了我们之间的距离。然后我告诉她，我是从内地来这儿写生的一名大学生，我喜欢这儿的风土人情。她听说我是来这儿写生的，便问我要不要导游。我正愁找不着北，便说："要啊！可惜我付不起太多的钱。"她表示可以为我免费当导游，当时我简直不敢相信"小花辫"居然成了我的向导。

当时已是中午时分，她向旁边的一位维吾尔族大妈打了招呼，大概是叫她帮忙照看一下摊子，然后租了一辆维吾尔族老乡的驴车，向巴扎外赶去。我问她我们去哪，她说一切听她安排好了。她一边赶车，一边告诉我，她叫阿娜尔罕，是乌鲁木齐一所大学旅游系的学生，趁暑假实习一段时间，有时顺便帮父亲照看一下巴扎上的摊子。一路上，她哼起了《半个月亮爬上来》，为了显示自己的音乐天赋，我则吼起了《达坂城的姑娘》。跑调的歌声惹得她眼泪都笑出来了。我们在一幢民屋前下了车。这是一幢典型的维吾尔族民宅，平顶，拱形门窗。房子周围是葡萄架，浓密的藤蔓上坠满了诱人的葡萄。

“拿来，50 元！”她向我伸出手来。“这么贵？”我一脸恐慌。“还便宜你了。”她一本正经地说。天呀，带我来这叫不出名的地方就要我 50 元，分明坑人嘛。但此刻的我已身不由己，当我把钱交给她时，她看着我无奈的表情笑得连腰也直不起来了。原来她和我开了个不大不小的玩笑，我却当真了。这民宅正是她的家，我被她乐观开朗的性格打动了，也对她有了种莫名奇妙的好感。

她拉着我进了屋。她的母亲见客人来了，便立刻放下手中的活儿，热情地招呼我。可我不懂维语，阿娜尔罕扯了扯我的衣角，小声说：“我妈在招呼你哩！”我才恍然大悟。她的母亲是一位很和蔼的维吾尔族大娘，她为我斟上了一杯香喷喷的奶茶。我捧着奶茶，有点受宠若惊，一个劲地说阿娜尔罕在路上才教会我的一句维语：“热合买提，热合买提”（谢谢）。阿娜尔罕问我奶茶味道怎么样，我调皮地回答：“甜甜的，酸酸的，就像初恋的味道”。她的母亲听不懂汉语，不知道我们在说些什么。阿娜尔罕听了，脸微微一红，一种羞涩的神情不经意流露在脸上。

就这样，我作为客人在她家住了下来。她的父母看了我给阿娜尔罕的素描后，很喜欢，对我这个汉族画家似乎非常欣赏，让阿娜尔罕整天带着我去写生。这样她就成了我的专职导游，而且是免费的。在那段日子里，我画了不少的西域

摄影：文昊

风光，许多地方留下了我和阿娜尔罕的足迹和笑声。当我画画的时候，她会专注地看着我。有时候我干脆把她当做模特，画进我的画中。那一次，我们跋涉近 10 千米来到一座废弃的古堡，我站在一堆乱石中，她则爬上了一座高高的烽火台，用一双蓝色的眸子望着我。当我们的目光不经意相碰撞的那一刹那，我分明看见她慌张地把视线投向远方。那是怎样一种眼神呵，不安，紧张，激动，抑或是幸福？我说不清。正是她这种眼神，又一次激发了我的热情，我进入了从未有过的创作境界，耗费了整整两个小时创作了一幅油画，取名为《亘古的眼神》。这几乎成为我的巅峰之作。只有她出现在我的画中，我的画才有灵气，我的画才有灵魂和生命。在我扔笔的那一刹那，我就感到，我离不开她了，我的画离不开她了。后来我们在废墟中呆了很久很久，一起看苍鹰盘旋，看夕阳西下……

离学院开学的日子不远了，美院还有许多同学等着我回去一同上课，我不得不思考这个问题：什么时候返回南方。但我想要在走之前去雪峰上创作一幅作品，把它送给阿娜尔罕。我知道附近有著名的博格达峰，便要求她带我去那儿。犹豫了好一阵子，我从她眸子里读懂了她的心思：她并不愿带我去。她问：“非得去吗？”我点了点头。她为了不使我扫兴，简单地做了准备，同父母告别后，与我一道上路了。我看见，一路上她的脸上没有了平日的笑容，反而添了不少的紧张与不安。到达半山腰时，这种表情更加明显了。我问她怎么了，她则紧紧抓住了我的手，没有回答我的问题。厚厚的积雪没过了我们的膝盖，杉枝上的积雪不时掉下来，落在我们身上，看上去就像两个蠕动的雪人。突然，天空阴沉了下来。“快！要下冰雹了。”她朝我喊道。然后立即拉起我向一个山洞跑去，踩得积雪“吱吱”作响。刚进洞，冰雹就铺天盖地而来。我这才想起了博格达峰的冰雹在这段时间是频繁期，冰雹经常引起雪崩。难怪她不愿带我上山来哩。我朝她吐了吐舌头，她总算有了一丝笑容。就在这时，我们听到了一种从未听过的声响从洞口上方传来，更严重的事情出现了：洞口上方的积雪承受不住密集冰雹的击打而大面积塌方。来不及多想，我俩抓住对方的手向洞外冲去。然而我们还是迟了，在快要跨出去的一刹那，洞口被积雪牢牢堵住。

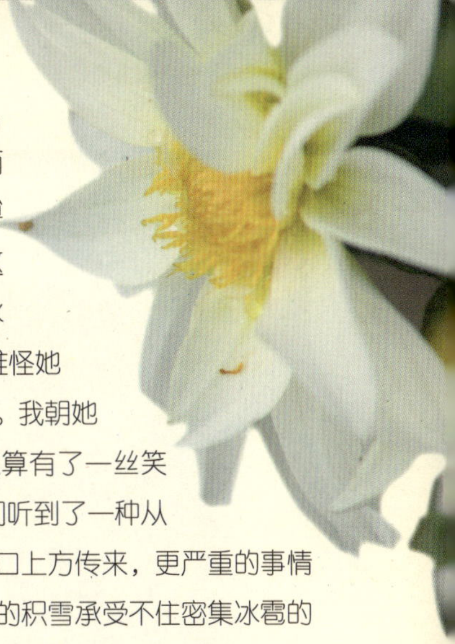

我们被困在了洞里边，没有一丝光线，没有一点声音，我抓紧阿娜尔罕的手，说：“是我不好，不该要你带我上来。”她捂住我的嘴，轻轻地说：“不要这么说，我们一定能渡过难关。”为了保存体力，等待救援，我们摸索着找到一块干燥地方，我贴近她耳根说：“我们会出去的。”她什么也没说，只是更紧地抓住我的手，此刻，我们都是对方的惟一的依靠，谁也不能离开谁。

到了半夜，我感到一阵阵寒气沁入骨髓。以前从未见过雪的我冷得全身开始颤抖起来。阿娜尔罕紧紧抓住我的衣服，哽咽着，叫我一定要坚持下去，天亮了我们就有希望了。还说出去后，还要让我给她画好多好多的画。我努力想为她挤出一丝笑容，可时间一长我的意识不由自主地模糊了下去……我是被阿娜尔罕摇醒的。原来她怕我再也醒不过来，当我昏迷下去后，她一直都在不停地摇着我，喊着我，连嗓子也哑了。终于见我醒来，她用额头贴着我的脸，大声地哭出声来。几滴眼泪掉在我脸上，热热的，我拍着她的头说，小傻瓜，别哭了，我不是好好的

摄影：文焱

吗?出去了我还要为你作画呢。她听了破涕而笑，说："不许反悔哦！我还想看看你们江南水乡呢。"于是我给她讲我们故乡的石拱桥、乌篷船、大花轿和青石巷……讲着讲着，我的意识再一次模糊下去。

摄影：文焱

也不知过了多长时间，冥冥之中眼前白茫茫一片。我费力地睁开眼睛，一道强烈的光线从洞口射入，灼得我眼睛生痛。就在这时阿娜尔罕也醒过来了。我们几乎不敢相信这是真的：我们看见了阳光，我们获救了。

出了洞我才知道，原来洞口上方横着一块石板，当积雪倾泻下来时，石板挡住了大部分积雪，只有小部分掉了下来刚好封住洞口。这点积雪经过两天强光照射，便化开一个小洞来。

回到她家休养的日子里，我知道，为她画一幅雪景是不可能的了。就为她画一幅水乡图吧。当我投入创作的时候，阿娜尔罕不知什么时候已来到我身边。她看我画的是以江南水乡为背景的水彩图时，转过了身，低低地抽泣起来。她知道，我是决定要离开了。江南那边有很多事等着我去做，可看着她那双蒙着泪痕的蓝宝石般的双眼，我又犹豫起来……

走的那天，我们起得很早。她把我一直送到车站。我从她苍白的脸上读懂了她的伤心。上了车，我把手伸出窗外，紧紧握住她冰凉的手，相视无语。汽车开动了，司机似乎有意把车开得很慢，阿娜尔罕跟着汽车跑了好远好远。终于，她跟不上了，便用一种令人心碎的声音喊道："你给那幅画取个名呀！"我明白，她指的是那幅江南水乡图。我拼命抑制住自己的眼泪，用一种颤抖的声音答道："就叫……《南方有水》吧……"这时眼泪终于不争气地掉了下来。

红其拉甫——我心中的珍藏

文/布 夫

我生在新疆，长在新疆。几十年来由于工作之便，走遍了新疆的主要景点。曾四上喀喇昆仑山，过丝绸之路的葱岭古道，深入帕米尔高原。红其拉甫口岸我仅去过一次，但那一次游历成为我心灵永恒的珍藏。

那是 1995 年 9 月，我第一次上帕米尔高原。当时交通条件很差，我和几位朋友在喀什长途客车站乘上了铁皮壳的大班车（今天已看不到此种车型了），一大早驰向了帕米尔高原。

铁皮壳大班车以每小时 30~40 千米的速度

行驶在中巴（中国—巴基斯坦）国际公路上。班车每颠簸一次都发出“哐啷啷”的刺耳声。我望着窗外，呼吸着高原的空气。离开喀什三四个小时之后，进入了盖孜峡谷，这是丝绸之路葱岭古道最重要的一个通道。盖孜河水在峡谷中咆哮着、奔涌着，滔声压过了铁皮班车的哐啷声，我的情绪立刻变得激荡起来！

路随山转，班车进入了盖孜达坂（盘山路），在盖孜河（上行）的右岸，有一些用石头垒起来的围墙，据说是葱岭古道的古驿站。达坂的每一个转弯处都展示着不同的风景。班车艰难地爬上了4000多米的盖孜达坂，映入眼帘的是公格尔峰和公格尔九别峰。

摄影：文焱

摄影：文焱

到了盖孜边防检查站，司机下来办理边防检查手续。车上上来一位边防战士检查我们的身份证，我们迫不及待地冲下车，把照相机拼命地对准那蓝得出奇的帕米尔的天和白得刺眼的公格尔冰峰。

司机办完边防手续后，不停地打着喇叭让我们上车。我们权当没有听见，尽情捕捉着帕米尔的风光。司机一生气开着车就走，我们呼喊着、追赶着，司机停下车，我们疯抢着上了车。司机气哼哼地说：“前面的好景多着呢，这么个小景你们就瞎激动，一会儿到了喀拉库里湖你们不定全疯了。再说这里的海拔已上了4000多米，你们过于兴奋了，如果血压升高，出了问题怎么办？”听了司机的教训，我们吓得一声不吭，相互做着鬼脸，贪婪地看着窗外的风景……

从盖孜边防检查站一出来，一路下坡，车速快得似乎使车外的风景都来不及转换，我们只有暗暗叫绝。到达恰克拉克湖时，大家实在忍不住了，拍着车身大叫司机“停车！停车！”大概是恰克拉克湖的美景也感染了司机，他的面孔也不那么凶巴巴的了，笑着说：“你们不喊我也会停车的，我要给车加水呢。”我们高呼万岁，齐刷刷地冲了下去。

恰克拉克湖又名沙湖，是一个高峡平湖，湖畔连着一片奇异的白沙滩，山顶的白沙不知是从哪儿飘来的，与蓝天、碧水、青草相互辉映，草地上点点牦牛，一下把人带入太古时代。

车再往前，到了喀拉库里湖，司机认为这才是最美的景。停下车来向我们介绍说，喀拉库里，柯尔克孜语是“黑湖”的意思，慕士塔格峰又叫“冰山之父”，海拔7546

米，公格尔峰和公格尔九别峰是“冰山之父”的两个女儿。我听着司机的介绍，似乎感到了一阵晕眩，不知是那奇山异水让我晕眩，还是因激动血压上升而晕眩，我索性躺在草地上，仰望“冰山之父”的尊容，聆听着“他”的叙述。朵朵白云托着“冰山之父”，看上去这山也像浮动了起来，倒映在喀拉库里湖中，时隐时现……

一路上我们多次停车拍照，一直到了晚上车才到了塔什库尔干塔吉克自治县。

塔什库尔干，我国惟一同多国边界相邻的县，它同吉尔吉斯斯坦、塔吉克斯坦、阿富汗、巴基斯坦四国相邻，隶属喀什地区管辖，是当今世界最高大的山结所在地——地处世界屋脊帕米尔高原东部，北连天山，南望昆仑山，南端屹立着世界第二高峰——乔戈里峰，海拔 8611 米，有“万山之祖”的美称。

塔什库尔干，塔吉克语“石头城堡”。由于这里是我国经度最西端的县，日出很晚，十点多钟，我站在石头城上，迎着帕米尔高原的日出。石头城位于县城的北侧，是唐代遗址，为丝绸之路上的军事要地。

石头城的四周是水草丰茂的天然草场，一座座石头房子（塔吉克人的住所）、一缕缕炊烟、一群群牛羊和石头城上的每一块石头都被朝霞镀上了金色的轮廓，晨曦中传来牛羊“哞哞”的叫声。那情深意切的场景，让人呼吸的是帕米尔高原的气息，享受的是回归自然的甘甜，吟诵着的是一首太阳部族的千年长诗。

塔吉克人自称为太阳部族，离塔什库尔干南 80 千米的明铁盖峡谷内有一个被塔吉克人称作克孜库尔干的地方，意为“公主堡”。公主堡至今还流传着动人的传说：很久很久以前，中国公主远嫁波斯，途经帕米尔高原时，遇到了战争。为了保护公主的安全，陪送公主的大臣在明铁盖峡谷的山崖上修建了临时的公主堡，让公主在城堡内避难。不料，在公主堡内，公主与太阳神相爱，生了一个如太阳神般的男孩。男孩长大后成为朅盘陀国王，从此世代繁衍便成了今天的塔吉克族。

一个与太阳神有关的民族，居住在离太阳最近的地方，皮肤里映着太阳的光辉，崇拜着帕米尔高原上盘旋的雄鹰，把乐器称鹰笛，舞蹈称鹰舞。

摄影：文焱

第三天我们去了红其拉甫口岸，也是我们这次行程的终极目标。口岸离县城约 145 千米，距喀什市 426 千米，距乌鲁木齐 2150 千米，距巴基斯坦北部城市吉尔吉特 290 千米，距巴基斯坦的首都伊斯兰堡 970 千米，海拔 4200 米，是我国最西端，海拔最高的口岸，也是通向中亚、西亚和欧洲及地中海沿岸阿拉伯国家的桥头堡。

红其拉甫，塔吉克语为“沸腾”。口岸是 1982 年 8 月向中巴两国国民开放的，1986 年 5 月 1 日正式向第三国人员开放。在口岸中巴国际公路的终点立着一个刻有中华人民共和国国徽的界碑。由于气候的原因，红其拉甫口岸海关每年 5 月 1 日开关，11 月 30 日闭关。说到天气，我们也领教了帕米尔高原变换无常的天气。刚到口岸时，还是一片风和日丽，我们抢着在界碑处拍照，只见界碑对面，巴基斯坦的高原上刮来一团黑云，瞬间中方的高地便昏天黑地，接着大雪飘飘。我在成语词典中见过鹅毛大雪的词汇，真正见到鹅毛般的大雪是在红其拉甫口岸。这个成语的创意一点也不夸张。气温急骤地下降，有备而来的我拿出了风衣穿上，同伴们个个羡慕不已。

20分钟过后，雪停了，太阳穿透云层，像探照灯一般的光直射在高原上没有植被的裸露的土地上，刚刚落在地面上的鹅毛大雪立刻化成了水珠，每一粒水珠都映照着太阳的光芒。也许是高原的缘故，闪烁的水珠，格外刺眼。

在碑的另一端，从地平线上透出了一片蓝光，我忽然听到一种奇异的音乐声，像是从云层中飘浮而来的。开始我以为是由于光影的急剧变化而产生的高原幻觉，谁知音乐声越来越近，越来越真切。“哦，是一支乐队！”我们已清楚地看到一辆紫红色的敞篷车上载着几个鼓乐手向口岸驶来。

在界碑前，敞篷车停了下来，从车上下来一位五十多岁的男人，领着七八个十四五岁的青少年，还有几位妇女。他们腰背着圆形的大鼓，弹的不知叫什么乐器的琴，吹的是一种如同笛子一样的乐器，鼓声、笛声混成一团，高亢而悠扬。

随着长者的鼓点声，他们围成圈边弹边吹边敲边跳，异国的音乐声跨过边境，在帕米尔高原的上空中回荡着。我感到非常诧异，他们这是为谁而歌舞？是为我们这些远方的客人吗？我不解地问中方的边防战士，边防战士笑着回答：“对面的老乡每逢节日就来这里慰问巴方的边防战士，今天不知道是他们民族的什么节日。你们运气真好，正好赶上了他们的节日。”我忙问：“那我们这边的节日呢？”战士答道：“也一样，我们的任何一个节日，塔吉克族老乡也总是打着手鼓吹着鹰笛带着慰问品，载歌载舞来慰问。”我笑道：“那太好了，你们一年过好多次节呀。”战士“嘿嘿”地笑了。黝黑的皮肤，雪白的牙齿帅极了。

摄影：文焱

我们情不自禁地冲过界碑与巴方的边防战士合影，与他们一起联欢，双方的边防战士都没有阻止我们，让我们尽情地享受这异国情调。一个多小时过去了，中方的边防战士风趣地叫道：“喂，同志们，该回国了！”我们这才如梦初醒，不知不觉我们已“非法出境”了。

我望着刚刚掠过暴风雪的帕米尔高原的祥云，听着那奇妙的音乐，觉得我此次帕米尔之行如同有神灵的指引，在我的人生旅途上留下了一幅绚丽而斑斓的图画，成为我心中永远的珍藏。每当我工作、生活中感到压抑的时候，我便会想起帕米尔，而那凝结在心头的阴霾便也得到释散……我也时常重温着在红其拉甫口岸与巴基斯坦老人、妇女、儿童，中巴边防战士联欢的场面，那是在世界屋脊的天然舞台上，每个人的境界都像口岸的地理海拔那样高，每个人的心扉都是那样的开阔，每个人的情感都是那样的真诚。

每当我想起帕米尔，想起红其拉甫口岸，我内心便充溢着欢愉……

多姿多彩的巴音郭楞

文/森 文　非 青　马品彦

巴音郭楞蒙古自治州位于新疆维吾尔自治区东南部。东、南部与甘肃、青海、西藏接壤，西、北部与哈密、吐鲁番、乌鲁木齐、昌吉、石河子、伊犁、阿克苏、和田等地毗邻。总面积 47.8 万平方千米，是新疆面积最大的一个地区。地势走向东南高西北低，昆仑山和阿尔金山雄峙东、南部，中部是塔克拉玛干沙漠和罗布泊低地、塔里木河谷地，北部靠天山东段。主要河流有塔里木河、孔雀河、开都河、车尔臣河等。自治州下辖 8 个县：焉耆、和静、和硕、尉犁、轮台、博湖、且末、若羌；1 个市：库尔勒市，总人口 83.9 万人，主要民族有蒙古、汉、维吾尔、回、哈萨克、东乡、藏、满等。

汽车把我们载往巴音郭楞蒙古自治州。这里大地多姿，山川秀丽，湖泊星缀，河流纵横，沙海密布，昆仑山由西向东横贯于自治州东南而延入青海高原。因为昆仑山高远莫测，在远古时代，华夏民族的神话传说曾经把昆仑之巅看成天神的居所，古称“不周山”、“春山”；阿尔金山横亘于且末、若羌两县同西藏自治区与青海省交界处。阿尔金山，蒙古语意为“有柏树的山”，维吾尔语意为“金山”，《汉书》中称南山，据说当年玄奘西去天竺求经时曾翻此山。这里有天山南部位居第二大的内陆河——开都河，旧称海都河，也有如孔雀开屏般欢快流淌的孔雀河，更有中国最大的内陆河——塔里木河，维吾尔语意为“河流汇集”，古称计戍水，当地人曾深情地唱道：“塔里木河呀，故乡的河……你用乳汁养育了我，母亲河……”众多的河流是沙漠上的血液和生命线。

世界第二大沙漠暨中国最大的沙漠有 2/5 以上的面积在巴音郭楞蒙古自治州境内，它就是著名的塔克拉玛干沙漠，旧称塔里木大沙漠。塔克拉玛干，维吾尔语意即“过去的家园”。这个名称是当地居民对沙区的泛称。塔里木河自南向北、自西向东围绕塔克拉玛干大沙漠流淌，沿途汇聚了百余条大河小溪，编织成一条巨大的绿藤，会同博斯腾湖、罗布泊、台特马湖在塔里木盆地这块洪荒赤地上缀出片片绿洲。沿塔里木河流域分布着中国最大的原始胡杨林带，据说全世界的胡杨林有 90%在中国，而中国的胡杨林有 90%在塔里木河两岸。胡杨耐盐碱，抗风沙，有“沙漠绿洲卫士”之称。每到深秋，两岸层林尽染，红得如火如荼。塔里木盆地既有崎丽阳刚的高山原野，更有五彩的河流彩练。塔里

摄影：文昊

木，这个中西文化交流的中继站，汇集了无数的传奇故事和历史遗迹。这里空旷、浩渺、单调而又荒凉，辽阔、广博、豪放而又雄奇，无边的沙漠是那样的纯净、浑厚和永恒。这里有隽永的魅力和空灵的境界。中外使者，华夷商贾曾经在此相让于道。驼铃丁冬响霄汉，烽燧遥指到阳关。盆地南北的两条丝路演奏着中国西部文明的交响曲。因为人们对它知之甚少，从而萌生出无限的遐想和神往！美国学者摩尔根说："世界文化的钥匙埋葬于塔里木河流域，若能找到这把钥匙，那么世界文化的奥秘就揭开了。"中国史学家岑仲勉、赵丽生先生根据《山海经》"南望昆仑，其光熊熊，西望大泽，后稷所潜"句考证，周人的始祖后稷及其侄子叔均是我国最早的从事农耕的始祖，曾播种耕耘于帕米尔和叶尔羌河流域，其后裔羌人还建立了赤鸟国。塔里木盆地自远古时代就处于古丝路要冲，汇聚了古希腊、印度和华夏文化之精华。在一些山寂空远、溪水中流的幽僻胜处，保留着灿烂的壁画艺术和古老的洞窟丹青。

清代诗人李銮宣作《瀚海歌》："莽莽兮无人，浩浩兮无垠。寥寥萧萧不知延袤几千里，行人过此恻恻生悲辛。无秋无夏无三春，无飞无走并无介与鳞，无草无木亦无水与薪……鸣沙射人石喷雨，苦雾匝地天无津……谁治瀚海作桑田，天荒一破乾坤小。"与李銮宣同时代的诗人史善长也记下了过瀚海时的类似感受："只道沧桑又一度，神仙到此不识路。自东而西亘千里，南北杳不知其数。高无山绕低无沟，苍苍不动在上头。"今日的塔克拉玛干早已是沧海变油田，正如诗人艾青所言："最荒凉的地方，却有最大的能量。"太古以来无寸草的塔克拉玛干大沙漠已不是死亡之海，车轮与机器的轰鸣声和西出阳关来到这里寻古探幽的游子们的脚步，早已穿透了塔克拉玛干亘古千年的荒芜和寂寞。还是让我们加入这些游子们的行列吧！

沙漠中的"庞贝城"——楼兰古城

19世纪末叶，一位年轻的瑞典探险家怀着对未知世界的好奇与迷恋，来到中国西部的新疆，在经历了横穿塔克拉玛干大沙漠的"死亡之旅"后，楼兰，这个消失了数千年的古城意外地被发现了，斯文·赫定这位刚过而立之年的瑞典人也随着楼兰古城的发现而名扬天下。

事实上，发现楼兰古城之功应该归于维吾尔人艾迪克。当斯文·赫定带着4峰骆驼、1匹马和2名探险队员准备穿越罗布泊时，维吾尔族向导艾迪克发现自己将全队惟一的一把铁锹丢掉了，这把铁锹是探险队用来挖取泉水的工具，丢了这把铁锹，无疑是丢了开启生命之泉的钥匙。6年前，斯文·赫定在穿越塔克拉玛干大沙漠时，由于缺水几乎葬身于沙漠，那种恐怖使他记忆犹新。怎么办？艾迪克决定单身骑马返回去找。铁锹很容易就找到了，可是在归途中，他遇见了狂风。荒漠狂风如一个滥施淫威的恶魔，扑天盖地，天昏地暗，一时间，空旷的土地上飞沙走石，东西莫辨。这股狂风把迷了路的艾迪克送进一个古城，当他醒来，发现自己竟躺在一座高大的泥塔之下，塔附近的残垣断壁上还有雕刻精美的木板，艾迪克几乎不相信自己还活着。在荒漠中等了一夜的斯文·赫定翌日还不见艾迪克回来，相信他一定是被这场可怕的狂风吞噬了生命，只好怀着沉重的心情继续上路。不料，富有经验的艾迪克不仅追上来，而且还带回了关于古城的消息……

楼兰，一个被风沙淹没了1600余年的古城就这样戏剧性地被发现了，世界惊呼：中国西部沙漠中的“庞贝城”再现了！

楼兰古城，位于若羌县城东北220千米，在罗布泊以西、孔雀河南岸7千米处。现存的古城遗址大约是4世纪的遗迹。古城呈正方形，城内东北区有雄伟的佛塔和寺院。虽处亚洲腹地，楼兰却是碧海清波的水乡泽国，辽阔而美丽的罗布泊是它的生命之源。它是丝绸之路的枢纽，东西交通的咽喉，战略的要地，中西文化荟萃之都市。楼兰人有自己的语言和文字，来到楼兰的人，有汉人、匈奴人、月氏人、乌孙人、大宛人、粟特人等，但楼兰人是什么人种，还是一个悬念。4世纪前后，楼兰国消亡，人口外迁，那时已成一片废墟。如今，罗布泊滴水俱无，湖底仰天，已成为历史上的湖泊名词了。

当年的楼兰，驼铃终日不断，城内商贾如云，作为中国、波斯、印度、叙利亚和罗马帝国的中转贸易站扮演着中枢城市的角色。同时也是匈奴、汉及周边游牧民族经常争夺的“热点地区”。

公元前77年，大将军霍光派遣傅介子去楼兰刺杀国王，因为楼兰国王经常拦杀汉朝的使节，听命于匈奴。傅介子在宴席上对楼兰国王耳语，我这次来带了许多珍宝，请你过目。楼兰国王酒喝多了，竟跟傅介子去了侧室，一会儿，傅介子拎了国王血淋淋的头出来，对楼兰的贵族们说，你们应知汉朝的伟大，你们的新国王就要从长安来了。不久，楼兰国王的弟弟、汉朝的“侍子”尉屠耆从长安出发，带着汉朝给他颁发的印章，汉朝赐给他的宫女以及车骑浩浩荡荡往楼兰来了，同年，楼兰改称鄯善。

73年，班超等36人出使西域，受到了鄯善国王的款待。不几日，班超等发现匈奴的使团也来到鄯善。班超这位“投笔从戎”的英雄，以“不入虎穴，焉得虎子”的话激励部下，当夜乘大风点燃了匈奴人的营帐，击鼓呐喊，虚张声势中杀了匈奴的使臣，迫使鄯善王归顺了汉朝。

由于塔里木河下游河床淤塞改道南流，这里的绿洲才逐渐沦为荒漠，变为雅丹奇观了。5世纪东晋僧人法显西去求法路过该地区时写道：“沙河中多有恶鬼热风，遇则皆死，无一全者。上无飞鸟，下无走兽，遍望极目，欲求渡处则莫知所拟，唯以死人枯骨为标识耳。”到了唐代，“楼兰”常出现在边塞诗里，成为诗人的想象之物。李白诗云“愿将腰下剑，直为斩楼兰”，这也不过是对楼兰从前发生过的“城南旧事”的依稀追忆罢了。

令人迷惑不解的是，这样一座在汉代颇具知名度的城市，竟神秘地从史书的记载中消失了。楼兰究竟发生了怎样的变故？是一场战争、一场流沙还是其他？楼兰究竟废弃于何时？古城的居民、屯田的战士都到哪里去了？回答人们的只有残垣断壁下那些不完整的木简，破碎的陶片，丝绸、毛织品的残迹，还有那座静静的佛塔……

米兰遗址与瓦什峡遗址

从楼兰到米兰大约两百千米，距离本不算长，但其间都是被称为世界一绝的雅丹地貌，上无飞鸟，下无走兽，地无水草，荒芜不毛。干旱的大地被无情的风吹成丘，啃成块，割成片，蚀成无数的垄脊和沟槽，汽车犹如一叶小舟在这种坚硬的波峰浪谷间颠簸摇晃，喘息爬行。

米兰遗址位于若羌县城东 73 千米，米兰农场城东侧，由城堡和周围的古建筑群以及汉时屯田水利设施组成。它是若羌县一处著名的古代西域名城——伊循城。伊循城之名，最早见于《汉书·西域传》。从汉代到隋唐，这里一直是屯田的重要地区。20 世纪 50 年代，新疆生产建设兵团农二师勘探队在这里发现了汉代完整的渠道系统和埋在沙漠下的大片条田。1973 年，在这里发掘了一座唐代吐蕃的古戍堡遗址。城堡的东西两侧，布满佛塔和规模庞大的寺院遗址。当年，法显、宋云、惠生、玄奘等著名僧侣在西去天竺的途中，都经过这里并讲法拜佛。寺院的佛教壁画，无论是姿态生动的佛像，还是线条简洁的衣褶以及花纹图案，都反映了浓厚的中西艺术风格，吸收并融汇了犍陀罗的艺术风格，是新疆早期佛教的典型。如今的米兰不是城市甚至也不是乡或镇，而是一个农垦团场——36 团。

在若羌县西南 90 千米的沙丘中，还有一座沦为废墟的古城，它就是瓦什峡遗址。瓦什峡是古楼兰的经济中心，大约在两千年前，这里的手工业生产已颇具规模。考古工作者曾在这里发掘到五颜六色的珠宝、翡翠、玛瑙、琥珀做成的首饰、唐宋货币及丝织品等。古城内尚存数十间前后相连的手工作坊及冶炼金属、烧制器皿的土窑遗迹，残存有石磨、石碾。

历史名城已被沙海淹没，仅留下一些残垣断壁，虽然苍凉悲壮，伤心惨目，但仍不失历史的凝重，它们以永恒的沉默迎送海内外游子，也把不绝如缕的厚重感传往五洲四海。

1979 年，意大利米兰市的市长致函若羌的米兰：

摄影：小雨

亲爱的市长：

我们愿和世界上所有叫米兰的城市取得联系。根据我们的调查它们共有 33 个，其中 4 个在欧洲，23 个在南北美，5 个在亚洲和 1 个在非洲。

因此我要请你为我们提供有关你市的资料……你市是什么时候建立的，为

什么要命名为米兰以及它的行政机构，多少居民和什么是它的主要经济与文化活动……这将有助于我们出版一部《世界米兰》的书籍……

你亲爱的拉列德·威廉

农场已将这封大函转呈外交部，然而谁是中国米兰的"市长"呢？威廉先生提出的问题或许将来会有答案。

罗布泊

罗布泊位于若羌县北部、塔里木盆地东面。南北长约140千米，东西宽24千米，面积360平方千米，原是新疆最大的湖泊，也是全国最大的内陆咸水湖。几千年来，我国历代典籍都对罗布泊有详尽描述，《汉书》称其为蒲昌海，《史记》称为盐泽，《水经注》称为牢兰湖，《大唐西域记》称为纳缚波，此外还有坳泽、辅日海、牢蒲海、普池、临海、捕鱼儿海等十多个名称。它是中国湖泊中名称最多的一个。现在统一称为罗布泊，是从蒙古语"罗布淖尔"转移过来的。罗布，意为"汇水"，淖尔，意为"湖泊"，合起来就是"汇入多水之湖"的意思。

长期以来，罗布泊的位置几经移动于北纬三十几度至四十度及四十度至四十一度之间，因此地理学家们称之为“游移湖”“交替湖”或“漂泊湖”。由于注入湖泊的河流改道和水量的减少，湖面逐年缩小，现已干涸。根据对现有资料的分析，并参照卫星航空照片，发现罗布泊湖盆较浅，河水进湖以后，引起罗布泊形状和大小的变化，但位置始终没有移动。地理学界关于罗布泊是否是“游移湖”的争论总算有了一个科学的结论。

罗布泊地区早在新石器时代即有人类活动，后来又是古丝绸之路的南道要冲，古城、古屋、古墓、烽火台等遗址随处可见。看来古时候这里的自然条件远非今天这般模样。1980 年，我国著名地质学家彭加木在罗布泊失踪，这一地区益发显得神秘莫测。

雅丹奇观

位于若羌县罗布泊东北部的“龙城”。雅丹是维吾尔语，意为“险峻的土丘”，汉语也译为“雅尔当”。19 世纪末至 20 世纪初，到罗布泊地区考察的瑞典人斯文·赫定和英国人斯坦因在考察报告中首次采用了“雅丹”这个词汇，从此“雅丹”就成了世界地理学家通用的术语，专指干燥地区的一种风蚀地貌。

人们称风是沙漠的建筑师，罗布泊正是狂风施展淫威的地方。狂暴的大风像万把锋利的铁梳子掠过地面。雅丹的形成，主要就是风的杰作。“龙城”实际上没有城，因发育最典型的雅丹似龙像城，所以古时形象地称雅丹为“龙城”。登高俯视，那浅黄的土丘，星罗棋布，鳞次栉比，气势雄伟，体态妖娆。有的酷似城堡，端庄凝重；有的仿佛城池，绵延雄踞；有的像高楼大厦，拔地柱天。各式各样雄奇而又瑰丽的地形引人浮想联翩。置身其间，颇感眼前的“龙城”不是古城胜似古城。

“雅丹”也是一些野生动植物的“天然乐园”。在干涸的孔雀河畔，生长着片片野麻，丛丛红柳，还有奔驰的黄羊、野骆驼。每年夏天，红柳花、野麻花交相辉映，宛如大漠上飘起的朵朵彩霞。此景与峥嵘起伏的“雅丹”奇观远近相衬，扑朔迷离，更增添了神秘的色彩。

摄影：昆泉

天鹅湖

在和静县西部的巴音布鲁克草原上，有一个面积约1000平方千米的天然湖泽，每年夏秋之季，数以万计的天鹅聚集这里，天鹅之多，居全国第一，故有“天鹅湖”之名。1980年在这里建立了天鹅保护区，1986年被批准为国家级自然保护区。

生活在天鹅湖里的天鹅，主要有大天鹅、小天鹅和疣鼻天鹅。小天鹅是新疆的旅鸟，仅在春秋南来北往时，在这里作短暂停留。大天鹅、疣鼻天鹅则是新疆的繁殖鸟。它们春暖花开时来到这里，在湖沼的青纱帐中结为伴侣，在孤洲或深水中筑巢下蛋，然后轮流孵卵放哨。到6月初，小天鹅出世，几小时后就能随父母到湖边觅食，长到4个月，体重就达10千克。当深秋来临、群鹅南飞时，小天鹅也能同鹅妈妈一起，比翼高飞了。

天鹅品性高洁，它们以食草为主，从不侵害庄稼，一旦雌雄结为伴侣，便朝暮相伴，忠贞不渝。因此，当地牧民都把天鹅视为天使和幸福吉祥的象征，倍加爱护。天鹅湖最美的季节，是阴雨绵绵的雨季。这时，茫茫草原，水天一色。偶尔暴雨来临，电闪雷鸣，大雨滂沱，瞬间，大河小溪水涨峰涌，激荡回旋。这时，浮动在水面上的天鹅，恰似点点征帆，迎风破浪，昂首向前。雨霁，天空碧蓝，草地如茵，肥壮的牛羊，五色的鲜花，丁冬的泉水，翠绿的山光，波泛涟漪的湖泊及百鸟共鸣齐飞的壮景，构成了一幅奇妙无比的山水花鸟图。当你置身这仙境般的胜地，定会心旷神怡，不饮自醉。

天山石林

在和静县境内天山西段那拉提山北麓、特克斯河河源，海拔3500米处。石林的相对高度约30米，长约9000米，宽约5000米。

经过大自然几百万年的洗礼，石林被雕塑成千姿百态、光怪陆离的奇景，有的宛如一座座古堡，堡群林立，大小相间，高矮参差，重叠错落；有的仿佛行人走兽，栩栩如生；有的似参天古树，挺拔苍劲；有的像刀枪剑戟，直插蓝天。

石林地处天山深处，交通不便，成了天然野生动植物的保护圈，宛如世外桃源。

呼通撒拉瀑布

穿过天山石林，一道山高谷深的峡谷展现在面前，这就是地势险峻的呼通撒拉，峡谷断崖上悬挂着一条雄伟壮观的瀑布，它就是呼通撒拉瀑布。

呼通撒拉瀑布海拔3200米，是我国少有的高寒山区瀑布。由于谷地坡陡水急，瀑布飞流直泻，声震山壑，银花四溅，气势磅礴。在寒冬季节，瀑布四周白雪皑皑，崖壁冰凌披挂，好似水晶世界；到了夏季，瀑布周围青松翠柏，郁郁葱葱，山坡上百花盛开，竞相争艳，馨香袭人。每当雨过天晴，彩虹当空，更是山清水秀，如画似锦，清新怡人。瀑布周围山壁上雪莲丛生，与奔放的瀑布交相辉映，把整个峡谷点缀得分外绚丽。

蒙王府

坐落在和静县城中心的蒙王府，是一座别致的宫殿式建筑，它是南路旧土尔扈特部最后一个封建领主满楚克扎布继承汗位后，用以居住和从事各种活动的场所，也曾做过盟长公署。府第坐北朝南，砖木结构，有大小房间约60间，由正殿和东西两宫组合而成。正殿为两层楼，方方正正，高大宽敞，正厅的四周建有耳房，二楼供奉满汗王祖宗的神位，曾常年香火缭绕，气氛森严。正殿

东西两侧，各有独立庭院，称为东宫、西宫，除卧室、客厅、膳房外，还有供文化娱乐和储存衣饰用品的专房，西宫设有满汗王的卧室和客厅。

巴仑台黄庙

在和静县城以北的巴仑台。这座黄庙是新疆喇嘛教著名庙宇之一，蒙语叫“夏尔苏尔”，建于1888年，至今已有百余年，它是蒙古土尔扈特部从事宗教活动的重要场所。

这座规模宏伟的喇嘛教寺院是由黄庙、却热吉都外、芝布等庙宇组成的建筑群。黄庙是主体建筑，正殿矗立着一尊7~8米高的塑金佛像，直穿两层楼阁，人称青海佛（如来佛），据说是从北京运来的。在黄庙以东约1千米，建有一独立寺庙，名“却金库联”，在黄庙以西约1千米，是满汗王的宫殿式别墅。

每逢宗教节日，虔诚的教徒带着种种供品，成群结队地前来朝拜，黄庙殿堂的金顶和宝塔在阳光下熠熠生辉，显得气宇不凡。

铁门关

在库尔勒市东北面。霍拉山和库鲁克山在此犬牙交错，孔雀河从中穿过。峡谷全长15千米，是古代进入丝绸之路塔里木盆地地段的必经险道。晋代在此设关，因其险固，称为铁门关，峡谷也因此称铁门谷，也叫遮留谷。关旁绝壁上刻有隶书“襟山带河”4个大字，表明这里自古为兵家必争之地。唐代诗人岑参任安西都护府幕僚时，曾写《题铁门关楼》诗一首，用“桥跨千仞危，路盘两崖窄。试登西楼望，一望头欲白”来形容此关的险峻。附近有公主岭，悬崖峭壁上有两座坟墓，相传埋葬着为自由和爱情殉身的古焉耆国公主卓赫拉和她的情人——宰相的儿子塔依尔。每年春天，公主岭上百花盛开，人们说：白花就是塔依儿，红花就是卓赫拉。

鲸鱼湖

在若羌县东南与青海、西藏交界处的昆仑山山脉腹地，平卧着一个烟波浩淼的大湖，湖的形状像一条肥大的鲸鱼，头东尾西，人们因其形而称之为鲸鱼湖。湖的东段因汇入玉浪河大量的冰川融水而较淡，生活着轮虫类、桡足类等大量浮游动物，因此引来成千上万的棕头鸥及赤麻鸭来此觅食度夏，生儿育女。以自然沙砾堤分

摄影：文昊

割开来的西湖因无淡水补给，蒸发年久，含盐几乎达到饱和状态，无任何浮游生物，也无飞禽光临，是一个没有生命的死湖。两相对照，东湖是莺歌燕舞，西湖是死气沉沉，形成了世界上少有的阴阳湖。

从远处看去，在那峰峦叠嶂的万山丛中，鲸鱼湖碧波粼粼的湖水与雪山冰峰互相辉映，成群的野牦牛、野驴、藏羚出没于湖滨草原，构成了高原草场的独特风光。因它远离喧嚣的尘世，一切都显得格外沉寂、神秘，给人以天地初开之感。

锡克沁石窟

在焉耆回族自治县城西南约三十千米处，也叫七格星明屋，为唐代寺院遗址。据《大唐西域记》载：当时焉耆国有“伽蓝十余所，僧徒二千余人”，锡克沁石窟就是当时的“伽蓝”之一。明屋是维吾尔语，即“千间房”的意思，由此可见其规模之大。寺院由南大寺、北大寺及石窟群3大部分组成。南大寺有大小建筑90余座，有前后两个大殿，殿中有塔；北大寺是并列的3所大殿，建筑形式与南大寺相仿。在南、北大寺西北1千米处，有12个石窟，依丘开凿，形制与克孜尔早期石窟相同，壁画大部分已毁坏，仅一两洞尚有残存。

博斯腾湖

在博湖县与和硕县之间，位于焉耆盆地东南最低洼处。又名巴格拉什湖，《水经注》称为“敦薨浦”，《西域水道记》称为“敦薨之渚”，当地群众习惯称作“海子”。博斯腾湖是开都河的尾闾，又是孔雀河的河源，湖面海拔1048米，面积1019平方千米，水深8~15米，是新疆最大的淡水湖。湖区景色秀丽，素有“瀚海明珠”之称。近岸边，有多达上百平方千米的芦苇丛，密密层层，漫无边际。过了芦苇丛，波光粼粼，湖面上有众多的野鸭、鸳鸯、天鹅等水鸟，或追逐戏游，或展翅飞翔；听波涛荡漾，看渔舟忙碌，置身其境，疑为南国风光。冬至春初，冰封千里，银白如镜，一派北国风光。

夏里苦岱克的“海市蜃楼”

在轮台野云沟、库尔楚以南的沙漠中有个神秘的去处，叫夏里苦岱克（意为枯林中的街市）。骑骆驼要走两天才能走到这里。在盛夏时节，沙漠旅人常会在此看到远方出现朦朦胧胧的湖光水色，倒垂的树影在湖水中摇曳，远远地仿佛听见那里有鸡鸣狗叫，影影绰绰可见城墙、宫殿、大街小巷……这就是沙漠中的“海市蜃楼”。附近的人们对此有很多神奇的传说。在这些传说的诱惑下，英国考古学家斯坦因当年曾雇了言之确凿的人当向导，企图发现这些古城，但在沙漠和胡杨林中跋涉好几天，终于还是沮丧而归。真是“忽闻海上有仙山，山在虚无飘渺间”。看来斯坦因并不总是幸运的。能否亲眼目睹这一沙漠奇观，全看游人的运气如何了。

魔鬼谷

位于若羌县与青海交界处的莽莽昆仑山区。这里南有昆仑山，北有祁连山，两山夹峙，雨量充沛，气候湿润，再加上冰川融雪的灌溉，使这片古老而寂静的谷地牧草丰美，大小淡水湖星罗棋布。可是，多少年来人们竟把这里视作危途禁地，宁肯让牛羊在戈壁滩上饿死，也不到这里放牧，还把此沟原来的名称那棱格勒沟（太阳沟）称为魔鬼谷。

经过多方面的考察，一些科技人员认为，魔鬼谷实际是一个雷击区。这里有三叠纪火山喷发后形成的大面积强磁性玄武岩，还有大大小小三十多个铁矿脉及石英闪长岩体。昆仑山位于西风带控制之下，潮湿的空气受昆仑山主脊的阻挡，常沿两山向魔鬼谷汇集，形成雷云雨云，携带大量电荷构成很强的电场。此地无树木和建筑物，因此突出的岩石山峰或兀立的野兽、家畜和人便成了雷电袭击的对象。天上的电场与地下的磁场相互作用，很容易产生“雷暴”现象。夏秋雷暴日多达 50 天，是昆仑山中其他地区的 6 倍。当时牧民们还不了解这些科学道理，遇到大量人畜被雷电击毙的现象无法解释时，只能说是魔鬼作祟了。

这里又是我国最大的多年冻土层分布区，冻土层厚达数百米。暖季，近地表处的上层消融，形成地下潜水和暗河，表面覆盖着烂泥水草，人畜一不小心便会陷入泥沼。有时流向不定的暗河，会将受难者尸体运往别处，遇到这种现象，牧民们更是难以理解。

魔鬼谷之谜还在探索之中，谜底全部揭开之日，也是开发建设之时。届时，魔鬼谷将由“死亡之谷”变为“生命之谷”。

摄影：昆泉

博格达沁古城

位于焉耆回族自治县四十里堡东部 2.5 千米处，又名四十里城，为唐代屯戍遗址。清代徐松《西域水道记》中考证为汉时焉耆国都员渠城。古城略呈长方形，周长 3088 米，占地面积 6 平方千米左右。《大唐西域记》中有“城周六七里”的记载，与现在实测周长恰好相符。城垣平直，中下部均用夯土筑成，古城有东南和西南两门，宽约十米。在古城遗址发掘出大量罐、瓶、盘、杯、灯、锅等陶器，据测定，是北朝至隋唐间的遗物，还掘出汉朝的碎铜片，唐代古钱、戒指等。历史的沧桑巨变在这些遗物上获得再现。

卓果特沁古城

位于轮台县城东南约 20 千米处。据我国著名考古学家黄文弼先生考证，为汉代屯田之校尉城。城为土筑，略呈圆形，周长约 1200 米。城垣已颓，现仅有一圈 6~7 米高的土冈。城中有一环形小湖，湖中心有一高台，城南面有两个土丘，左边的相似仓库，右边的似乎官署遗址。城东南隅，有一长方形土台，高 10 余米，近似碉堡遗址。古城遗址曾出土大批陶片、箭镞、农用工具等文物，它们是古丝道开辟与兴衰的见证。

破城子古战场

位于和硕县南山。古战场上“蓬断草枯，凛若霜晨”，大面积火烧的痕迹仍残存大地。至今地上仍遍布人、马骸骨，有的骸骨上还带着残箭。附近有房屋、古墓遗迹，地面散布着残陶片，显得苍凉荒芜。游人至此对古代战争的悲壮痕迹可略见一斑。

无论是作为历史长廊还是作为自然画卷，巴音郭楞都是迷人的、令人难忘的。在我们即将离开这块广袤多姿的土地时，再一次深切地感受到了这一点。

SHAMOBIANSHANGDE meiguicun

沙漠边上的玫瑰村

◎摄影：文焱

文／戴江南

沙漠与玫瑰似乎是两个毫不相干的概念，然而在塔克拉玛干沙漠南缘的于田县，不少乡村已经把种植玫瑰当成一种产业。那里丰富的光热资源为玫瑰的生长提供了极好的条件。如果你到玫瑰村去看一看，你一定会觉得，大自然的造化真是妙不可言。

循着阵阵花香，你就能找到。

你见过玫瑰巴扎吗？

在塔克拉玛干大沙漠南缘的于田县，有个玫瑰巴扎。偌大的广场，人头攒动，驴车穿梭，万紫千红，香气袭人。那是一个玫瑰花的海洋。

我是头一次见到这种阵势。那是个周五，我原本是去逛巴扎的，当我刚走到广场附近，就被一阵突然袭来的清香击中了。我愣在那里，不知所以。阵阵香味儿不断从四面八方袭来，我怀疑自己走进了一个巨大的香料加工厂。

就是这种令人眩晕的清香牵引着我，走向一个不知所云的地方。我完全听从了一种魔力的召唤，暂时忘却了现实中的一切。

我跌入了一个花的世界。这是一个玫瑰花的巴扎，它的热烈铺天盖地。

集市上的每一个人，不论是当地的居民，还是外来的观光者，他们都不约而同地做着同样的动作——将一朵或两朵玫瑰花举到鼻子前深深地吸闻。他们微闭着眼睛，一副被陶醉了的模样。

不要以为只有姑娘才爱玫瑰。举着玫瑰深闻的有维吾尔族老头、老太太、大小伙子、小男孩……

一个少年，七八岁模样，圆脸，鼻子高高的，明亮的大眼睛像是掩藏在眼眶里，长相极为俊俏。他怀里抱着一大把玫瑰花，花朵儿一个挨着一个，密匝匝的，刚好盖住了他有棱有角的下巴颏儿。那花朵娇滴滴、水灵灵的，像在朝他笑呢。

天空蓝幽幽的，又高又远。抱花的少年往玫瑰巴扎上那么一站，一走动，所有的玫瑰花似乎都醒了活了。那少年似乎是巴扎上一幅鲜活的画儿，很多人都欣赏着这画儿，眼睛跟着画儿走。

集市边有一户人家，院外长着一棵古树，粗粗壮壮的，树心都空了。一位老汉戴一顶黑花帽，撅着长长的白胡子，倚靠着古树蹲着，他那干树枝一样的手举着一枝玫瑰，沿白胡子贴到鼻翼上吻着嗅着，那副钟情的模样令人心动。

漂亮的小姑娘们，蹲在花堆前，只是觉得好玩儿，便漫不经心地摘着花瓣，长长的细辫子上插满了玫瑰朵儿，却怎的也不嫌多，插了一朵又一朵，都遮住黑头发了，最后小辫子不见了，只见一串一串的玫瑰花垂下来。小姑娘也知道有几个游客正盯着自己看呢。

有个少妇干脆让自己的婴儿睡在玫瑰花瓣上，光着个小屁股。男婴的那个小东西毫无保留地露着，在一片花瓣中极为显眼。

集市大约分为三个领域，东头是刚刚由毛驴车从地里运来的玫瑰花，它们被装在麻袋里，朵儿大大的，完完整整，上面还连着枝叶。麻袋成行排列，麻袋两侧站着卖花和买花的人。

中间是一堆一堆、一扎一扎的玫瑰花瓣儿，它们安安静静地堆放在大片大片摊开的彩色方布上，每一户人家守住一堆玫瑰，一边向顾客介绍，一边摘去玫瑰的梗。玫瑰花瓣一片一片落下来，一会儿就变成一座座小小的玫瑰山。

西头是制作玫瑰花酱的地域。维吾尔族妇女将玫瑰花瓣装入罐子里，放进少许砂子糖，用手揉捏，只一会儿，那艳红就变成紫色。

摄影：文焱

在玫瑰巴扎里穿行，我恍然跌入梦中，满世界一片耀眼的嫣红。真希望永远也不要从这个梦中醒来。

顺着老乡的指引，我来到种植玫瑰花的田地。多大的田野呐，全是玫瑰的天下。一朵一朵盛开的玫瑰藏在茂密的枝叶间，但无论枝叶怎样地繁茂，也遮不住玫瑰耀眼的红，四溢的香。姑娘们鬓上插了玫瑰，提一只篮子，站在玫瑰田里采摘玫瑰，于是摘玫瑰的姑娘也变成了玫瑰。

这个美丽的村子叫白什托格拉克村，我就叫它“玫瑰村”好啦。

玫瑰村家家种玫瑰，据说这村名就含有“玫瑰花”的意思。玫瑰村历史久远，最早的玫瑰花是从土耳其带来的。许多年来，玫瑰村的维吾尔人有一个习俗，姑娘们用玫瑰花洗脸、沐浴，中年人用玫瑰花泡茶、做药，家家户户饭桌上离不开玫瑰酱，他们更喜用玫瑰酱蘸馕吃。

从 1997 年起，这里种玫瑰的习俗得到大规模的发展，从以前的小面积种植到大面积推广，之后并普及到整个阿热勒乡。现在这个乡被称为“玫瑰花之乡”，已形成玫瑰产业，去年种植玫瑰花 1000 公顷，玫瑰花鲜花总产达 400 吨，全乡人均收入达 1000 多元。据说这个紧临大沙漠的地方，水土、光热资源为种植玫瑰提供了极佳条件，所产玫瑰花具有特殊的色泽和香味。玫瑰花含多种维生素、氨基酸及多种微量元素，全国各地都有不少客户前来收购，用来制作玫瑰花酒、玫瑰花茶、药用玫瑰、沐浴玫瑰、玫瑰花饮料等。更多的是把玫瑰花晒干，提炼玫瑰精油，据说那是一种很名贵的香料呢。

在这里，玫瑰花已不仅仅是呈现浪漫的一种象征，而是人们生活的一部分。

穿越喀纳斯丛林

CHUANYUE KANASI CONGLIN

文 / 江水寒

阿尔泰山脉是新疆三大山系之一，海拔4373米的友谊峰是阿尔泰山脉的最高峰，位于蒙、中、俄三国交界之处。这是一座处女峰，早就令新疆登山爱好者眼热。友谊峰海拔虽不甚高，但要叩开这座处女峰的大门，必须穿越一百多千米长的喀纳斯峡谷，要经过喀纳斯湖区、原始森林，果戈习盖达坂冰川地带。其间沼泽泥淖、毒虫走兽、达坂冰川，无不危险万分。然而，正是这些危险，刺激了新疆登山爱好者。

1999年6月，新疆的登山家和登山爱好者董务新、英刚、唐杉、李琪、李春元、马玉山等12人，组成了“99' 喀纳斯友谊峰探险队”。

6月20日，他们乘车从乌鲁木齐出发，21日到达阿尔泰山南坡中部的喀纳斯。

古冰川的杰作

喀纳斯是国家级综合自然景观保护区，这里地质、地形、气候独特，形成了垂直自然带。海拔2400米以上谓之高山带，海拔4373米的友谊峰冰川是我国海拔最低的现代冰川。其冰舌前端下降至2416米。冰面上有小融蚀洼地、冰蘑菇、裂缝和冰洞。气势磅礴的巨大冰川与古冰川所蚀的各种地貌堪称天下奇观。海拔1200~2400米为中山带，受3次大的古冰川作用，形成了海拔各异的3个湖泊群。

海拔2000米左右，是第三次古冰川留下的数以千计的湖群，最大的是白湖，因白色花岗岩磨蚀成粉末融于湖中，水呈白色而得名。其他的为沼泽湖群，有“千湖”之称。这里是肥美的夏季牧场。六七月间，星罗棋布的白色毡房散落于千湖万境之间，构成了一幅优美的高山原野牧场图。

第二次古冰川由于沿张性断裂刨蚀而形成了冰碛堰塞湖。冰川留下的冰碛物形成了很高的围坝，堵塞了喀纳斯河道，积水形成了著名的喀纳斯湖。湖泊呈弯月形，湖色随季节变化而变化，每年6月以前，呈无色透明状，湖水外观呈绿色。6月以后，冰川开始消融，冰川的融蚀作用

摄影：文昊

摄影：张文成

将白色花岗岩粉末融于水中，加上湖岸植物的衬托，湖水和河水呈淡绿的凝脂玉色。湖头地带受河谷风的吹融作用，淤积了许多浮木，成为喀纳斯湖一道特殊的风景线。

海拔1350米处，第一次古冰川退缩留下的冰碛物垫高了喀纳斯河谷，积水而成卧龙滩、珍珠滩等一系列小湖群，构成了九曲回肠的河道。河谷水流平缓，泥沙淤积，形成了许多河心滩。滩上生长着云杉、白桦和草甸，构成了喀纳斯风景最美的河段。

6月22日，探险队乘游艇穿过24千米长的喀纳斯湖，到达湖的进水口。进水口处有一个长2000米，宽不足10米的白沙滩。沙滩上，枯枝堆积成堤。枯木多是粗大的松树，来源于两岸的森林，它们是被洪水从山体上整个地剥下带到湖里来的。湖水涨时，枯木堤就成了浮堤。探险队来到这里后，就要徒步跋涉了。

走进丛林

6月23日中午，探险队离开湖头，一头扎进原始森林。森林里沼泽遍布，河流纵横。他们走了两个多小时，不知过了多少小“河”流，而路程不过4千米。更可怕的是，林子里蚊子多得吓人，围着你“嗡嗡”进攻，随便一巴掌下去，就能拍死十几个。开口喘气，稍一不慎，蚊子就会被吸进喉咙，让人咳得喘不过气来。眼皮一眨，就能夹死蚊子。森林里潮湿溽热，但他们不得不全副武装。毛巾压着帽沿，身上穿着外衣，线手套不管用，只得戴皮手套。每人手中挥舞一把树枝，且战且进。队员陈骏池被蚊子叮得大喊大叫，说要发疯。李春元整个脸被蚊子叮得肿得变了形。只要一停下，成群的蚊子立即在身上落下灰乎乎的一层，“嗡嗡”作响，像轰炸机群，令人无法招架，只好拼命向前逃。

摄影：王鹏

蚊虫成阵，已使人既焦躁不堪，又奈何不得。可还有更要命的，这便是毒蛇。这丛林里，有一种剧毒的蝰蛇，当地人称之为“七步倒”。如果被它咬上，七步之内，也就是几秒钟的时间，必死无疑。大家走路的时候，不得不低着头，胆战心惊地盯着脚下，生怕撞上它。突然，董务新大叫一声：“蛇！”其他的人全都像中了弹一样，僵在那里，一动也不敢动。那毒蛇约50厘米长，手指粗，黑色身子，昂着头，似乎在积聚力量，准备进攻。老董一冰镐下去，蝰蛇被击中头部，死了。老董把它丢在路旁。面对这条死蛇，大家仍心有余悸。队员甄晨光怕它装死，用冰镐甩到远处。万一伤人就危险了。一路上，大家更加眼不离脚，仔细看清草丛才敢迈步。14天里，他们一共碰到6条蝰蛇，所幸没有人被咬伤。

队员李春元遇险更使大家吃惊不小。

激流脱险

进入丛林的第二天，探险队员们被一道3米宽的激流挡住了前进的路。大石块在水中“隆隆”作响，咆哮着，翻起一阵阵浪头。他们发现，有一棵碗口粗的倒木横在河上，便想借此“独木桥”过河。李春元最先上，他小心翼翼地从“桥”上挪过去，快要到对岸时，一段溅了水的“桥”使他脚下一滑，连人带包跌进水里。瞬间，他抱住了“桥”，可背后的大背包在水的冲击下，拼命地把他往下拉。他不断地挣扎，已在对岸的两名驮工赶紧去拉，可拉不动。水浪的巨大冲力使李春元的身子几乎横到“桥”底下去了。他挣扎着努力想把头抬高一点，身子又不断地一点点沉下去。激流已经剥下了他的外裤，渐渐地他失去了挣扎的力气。情况万分危急，离他最近的马玉山来不及多想立即甩下背包，骑着横木挪向对岸，在驮工的帮助下跨过李春元上了岸。3个人一起解掉李春元的背包，连拉带拽才总算把李春元救了上来……

就这样跋涉了3天，到26日晚，探险队才逃出了原始丛林，到达了喀纳斯河上游的白湖。

塔格敦巴什帕米尔采风记

文／吕静涛

人们都说，到了新疆不到喀什，就不算到新疆；到了喀什不到帕米尔高原，是终生遗憾。

帕米尔高原，分为朗库里帕米尔、萨雷兹帕米尔、塔格敦巴什帕米尔、大帕米尔和小帕米尔等 8 个部分，简称“八帕”。其中地理环境奇特，河流纵横交错的是位于帕米尔高原东南部“八帕”之一，面积约 2.5 万平方千米的塔格敦巴什帕米尔地区。这里山高谷深，道路险峻，异俗奇风，鬼斧神工，真可谓“暗不疑藏虎，盘根似卧龙”。

一个天高气爽的仲秋，我有幸成为喀什巡视组的一名成员，跟随巡视组深入帕米尔东部山区采风。巡视组每人分乘一匹大马，外带一头牦牛，看来路途是艰辛的。因为我是“记者”，便主动跟在领队——人称“万事通”的艾山·喀孜身后。他既可以随时给我翻译，还可以帮我摄影，两全其美。这段行程，我感慨颇深，获益匪浅。

粪饼的价值

在艾山的引领下，巡视组一行来到巡视的第一站——慕士塔格山前的一个宽大的峡谷牧场。这个牧场叫布拉克苏，意即“有泉水的地区”。这是一个依山傍水的牧场，水草丰美，牧场宽广。山边的台地上是牧民们的平顶屋，牧场中又有牧民的毡房。牧民们冬天回到山村，夏天又回到牧场。来到这里后，村长说，晚饭后再给巡视组汇报生产和生活情况。

我看见前面的毡房周围聚拢了几个人，就约艾山一同前去看看。走到跟前一看，原来村长正在给几个毡房的主人数粪饼。我们朝着两边的几顶毡房走去。

走近毡房，首先看到的是他们房屋的石头墙上，都贴满了一个个棕色的粪饼，房前屋后和毡房周围，还堆放着一堆堆粪饼。这些粪饼就是塔吉克人家庭生活的惟一能源。

“艾山，”我用询问的口吻说，“这里的牧民们，他们烧饭、取暖都用粪饼吗？”

艾山说：“帕米尔是一个高寒山区，这里有十分丰富的矿产资源，可是就在这个区域内，迄今为止尚未发现煤矿，也没有森林资源，甚至除了河边、村头有几处低矮的灌木丛外，几乎整个帕米尔地区的树木都屈指可数。因为高寒缺氧的缘故，帕米尔高原上的爬地松、小叶杨和山柳树，生长极为缓慢。在帕米尔山坡上偶尔遇到的一棵胳膊粗的松树，恐怕都有50年了，一棵饭碗粗的柳树，需要生长30多年的时间。所以多少个世纪以来，当地人的家庭能源根本谈不上依赖林木和煤炭，况且这里是牧业区，大多数群众主要经营的是畜牧业，无法利用农作物的剩余秸秆作燃料，只能因地制宜，就地取材，收集牲畜粪便，作为自己家庭惟一的生活能源。

淳朴勤劳的塔吉克人，从古至今，不论男女，在放牧时，尤其是春夏秋三季，每人都背着一个筐子或者是一个布袋，跟在牛、羊、马、驼群的后面，捡拾牲畜粪便带回家里，在粪便里掺入少量的粘土，加水和成粪泥，再用手拍成一个个约碗口大、三四厘米厚的粪饼，贴在朝阳易干的住宅墙上或毡房的周围，晒干后揭下来，堆放在家门前或毡房周围，以备使用。

粪饼，在塔吉克人的心目中，是勤劳和富有的象征。无论是牛羊满圈的牧主，还是受雇给别人放牧的牧工，都把自己门前屋后的几堆粪饼作为资本。在人们的眼里，哪一家的粪饼堆放得越多，哪一家就将受到人们的赞扬和尊敬。特别是在塔吉克人山村，门前屋后有没有一堆一堆的粪饼，是品评这户人家勤劳和富有的重要依据，也是儿女们能否找到满意的对象的重要条件。哪一家没有粪饼，哪一家一定很懒惰或贫困，在勤劳的塔吉克人的心目中，这户人家肯定要遭到人们的白眼和讥讽。由此，粪饼很少，很有可能成为这户人家社会交际的障碍。

粪饼，是塔吉克人家庭的主要生活能源。当你坐在塔吉克人的土炕上，主人给你捧上醇香的酥油茶，端上一大盘黄澄澄并且散发着异香

◎摄影：晏光

的酥油馕，送来手抓羊肉和荤而不腻的肉汤时，你不会想到，这些美味佳肴，都是主妇们用粪饼的火，慢慢烧煮烤制的。粪饼的火，可供烧茶、烤饼、煮肉。特别是用粪饼火烤制的青稞馕饼，黄澄澄、香喷喷，散发着乳香，咬一口，香酥异常，使人胃口顿开，食欲大增。因为粪饼的火燃点低，比柴草温和，所以用粪饼的火烤制的馕饼，一般不会出现烤焦或黑糊等现象。

“粪饼是塔吉克人民生活中的惟一能源，小中见大。”

我说：“我过去不知道这么多，你一说，我就开了窍。艾山快往下说。”

“粪饼还可以取暖，在帕米尔高原这个冰雪世界里，一年有7个月的取暖时间，因此粪饼便成了当地大多数群众的惟一取暖燃料。入冬，大雪覆盖了整个帕米尔高原，这时间，塔吉克人很少外出放牧，全家人围坐在灶膛边，做些家务，或做衣服，或打毛衣，或谈天说地，并且照料好已经入围越冬的牛羊。这时候，每户人家室内的灶膛里的粪饼，一天到晚都在冒着红中带蓝的微弱火光。缕缕烟云，缭绕升腾，通过天窗飘然而去。燃烧的粪饼，没有什

摄影：文昊

么污浊气味，仅在添加粪饼时，时而可嗅到一丝清新的柴草气息。”艾山一口气说了这么多。

帕米尔的美丽传说

“你快看，你快看！”突然，艾山跳跃着用手指着北方，大声地招呼说：“快看啊，快看‘冰山之父’慕士塔格的落日！”

我顺着艾山指引的方向看去：啊！慕士塔格果真是一片色彩斑斓的世界！那洁白无瑕的雪峰上，晚霞绚丽多姿，光彩照人，逆目反射，七色俱全，就像富丽堂皇的宫殿里，装饰点缀着五颜六色的丝绸彩纱，又像现代摄影艺术家使用逆光彩灯照射物体时发出的耀眼光弧。

我被眼前的慕士塔格落日景色迷住了，展现在我面前的是巍峨的山，重叠的山，高耸入云的山，白雪皑皑的山，还有水晶般的冰凌冰川。可以说，帕米尔的每一座山，都是非常珍贵的大自然的艺术精品。

眼前，整个草原都笼罩在初秋的夜色里。牛羊大都归圈，偶尔也可以听到晚风送来的骏马嘶叫声和山羊的咩咩声。草原的空气是那样的清新和鲜洁。阵阵微风，送来了大自然的绿草香和毡房里飘出来的带有烧饭的牛粪草味。美丽的草原，可爱的家乡！

踏着松软的青草，跟在艾山身后，我向村长的大毡房走去。

第二天，东方刚发白，我便起床了。睁眼一看，嘿！艾山和其他同志起得更早，他们已经洗漱完毕。

“快来呀！”艾山吆喊着说，“已经看到太阳的光芒了，快来啊！”

我们几个争先恐后，一同跑到房后的台地上。这里较高，面前没有任何阻挡，在开阔草场的远远尽头，才是此起彼伏、连绵不断的高山。刚刚站稳脚跟，只见东方的两座山峰中间，升腾起了一个弓形的大大彩虹。紧接着，太阳便跳跃式地上升，突然，眨眼间便冲破彩虹，向上跳出了一个巨大的通红通红的大火球。

“噢，噢！”我同艾山等都一齐欢呼跳跃起来。

“老李先生，你看了日出后，谈谈感想吧！”艾山挑战似的说，“你讲完了，我再给你们讲《冰山公主和雪山王子》的故事，行吧？”

“好吧。”我咳了一下嗓子，侃侃而谈，“我出生在关中平原，从小看到的是平原日出，清晨太阳从地平线上冉冉升起，不张不扬，平平常常，它给人的印象是伟大、平凡、慈祥；我看过东海日出，太阳升起的时候，它仿佛害怕惊动了大海，害怕打破大海那风平浪静的平静，总是有条不紊地由大渐小，再由小渐大地徐徐上升，给人的印象是肃穆、庄严、稳重；我还在东北看过森林日出，在森林中，除了洒在地上的长短不一的光柱外，看不到太阳高高挂在太空的全部景象。太阳给人的印象是谦虚谨慎，无私奉献。”

“说得太好了，简直成了诗仙了！”艾山赞誉地向我伸出大拇指。

“现在该艾山讲了。”我们几个人一齐鼓起掌来，“欢迎艾山给我们讲《冰山公主和雪山王子》的故事。”

艾山收起笑脸，十分认真地指着南面的乔戈里冰峰和东面的慕士塔格冰峰说，远古时候，帕米尔南部的乔戈里峰和东部的慕士塔格峰，是两座互不相连的孤岛，且是两个满山长着奇花异草，遍地布满草青林葱的人间仙境，四周是一望无际的海洋。

一天，诸神正在天门外散步，他们看到这两个美丽的孤岛没有相通的道路，觉得非常遗憾，便恳求玉帝在这两个孤岛之间搭一座大桥。玉帝允诺了诸神的请求，施用法术把慕士塔格变成了一位艳丽多姿的少女，称之为冰山公主；把乔戈里峰变成了潇洒的少年，称之为雪山王子。

从此这两个孤岛便连成一体，成了天宫诸神们的地上花园了。

不知不觉地冰山公主和雪山王子都长成大人了。共同的命运，使这一对同时有了灵性的山峰互生爱慕之情。

一天，冰山公主正在桥头等候雪山王子。突然，她看到在慕士塔格的山泉边有一个男青年正在采摘西王母亲手种植的红雪莲。她知道，这是神花。按照天规，山上的神花仙草是不准带入人间的。这时，她便派护山神鹰前去夺花。经过一番搏斗，神鹰被青年人打败了。冰山公主变成了一个狰狞的巨人，拦住了青年的去路。

经询问得知，年轻人叫亚山拜，是个牧羊人，家住在乔戈里山下，家中一无所有，父母双亡，惟一的遗产是一支牧羊鞭。5年前，他刚满20岁时，便与牧羊姑娘古丽碧塔相爱，因为家庭贫穷，无钱娶妻，已经两次推迟了婚期。他摘这朵红雪连，是准备送给古丽碧塔作为结婚礼物的。他说如若冰山公主不能成全他，他情愿报着这朵红雪莲跳崖自尽。

摄影：文昊

冰山公主被他忠贞的爱情所感动，允许他将主宰幸福的红雪莲带到人间。玉皇大帝知道了此事，抡起开山神斧，将两座由天桥连在一起的孤岛劈开，把朝夕相处的冰山公主与雪山王子重新分隔开来，并下令将冰山公主贬锁在慕士塔格的山顶上，永远不准下山。纯洁而善良的冰山公主流下的眼泪，一年一年地冻结成冰，覆盖住了巍峨宏伟的慕士塔格山，它就成为冰雪的世界了。

雪山王子更是因思念冰山公主，熬白了头发。一天，太阳公公在路过帕米尔时，听到了雪山王子对他发出的呼唤声，急忙停止了脚步。当他知道冰山公主的不幸遭遇时，便决定成全他俩。于是，好心的太阳公公便同他俩商定：每年从7月中旬月亮最圆的那天开始，以夏秋两季的时间，用自己火一般的笑脸，融化雪山王子身上洁白的雪衣裳，使之升腾成彩云，借着南风，悄悄地飘过峡谷，越过海洋，滞留在慕士塔格的峰顶上，最后变成蒙蒙细雨，滋润冰山公主的芳菲心田。深秋，浮动的彩云凝聚成朵朵雪花，纷纷扬扬，飘落在冰山公主的高高银冠上、白发上，为她御寒。

“好，好！”我拍手称赞艾山讲的故事，寓意深刻，发人深思。

“喂！早晨的奶茶煮好了，吃饭吧。”有人招呼我们用早餐。

艾山说：“吃完早饭，我们就继续向前赶路！”

翻越康达尔达坂

吃完早饭，艾山带着村长，将7袋干粮、7个塑料桶饮用水送到我们巡视组住处，说：“这是4天的干粮，不知够不够？”

◎摄影:文昊

我打开了一个袋子,看到里面装着一些用牛粪饼烤得黄澄澄的青稞馕,还有一些牛肉干。

我们一行上路了。走在最前面的是"万事通"艾山,我们紧跟着他,每人骑着一匹马,马鞍后面还拴着一头牦牛。就这样,我们从早到晚行进在山间和谷地,饿了,就下马来吃馕和休息;渴了,就喝塑料桶中的水;傍晚就找牧民的毡房借宿。

大家心里明白,要到达目的地科库西力克,必须翻越帕米尔东南部的康达尔达坂。在行走了 4 天以后,第五天下午,我们一行便来到了康达尔达坂的山脚下。

开始上山了,艾山在前面引路,我们跟在他后面。按照艾山的指导,我们一只手抓住马缰,一只手抓住马鬃,紧踩马镫不放松,两眼向前看,免得看到路旁那险恶的深峡绝壁而头晕。就这样,7 个人趴伏在马背上,在硕大而弯曲的盘山羊肠小道上,东扭西拐地迂回,艰难曲折地攀登。呀!帕米尔的马真棒!在这样的盘山路上,走了那么长时间,还走得那样稳健,真是奇迹。走了五六个小时,我们终于登上了海拔 5000 多米的康达尔达坂顶峰。

站立在 5000 米高的羊肠般的九曲达坂下,极目四处眺望,康达尔达坂上梦幻般的冰川景色立刻把我迷住了:啊!两脚踏在飘动的云彩上,飘渺升腾,亮晶晶的星星在天际四周闪烁着永不疲倦的眼睛,洁白无暇的雪像铺在这条通往蓝天道路上的玉石。若不是达坂寒风凛冽,恐怕这里真是一块修身养性的风水宝地,呆上一辈子都可以!唉,美丽的生活,往往又充满着艰险。

俗话说,上山容易下山难。身临其境,那就一点不假。

"大家听着,"艾山说,"在我们面前有一道大冰坡,因为它是千年冻土层,虽然只有十几米宽,200 米长,可冰坡是在一个斜坡的山梁上,冰坡的两边是万丈深渊,险峻无比。"他接着说:"大家不要心慌,我们从这里走了多少年,只要按照老办法向下滑,保证安然无恙。"

说时迟,那时快,艾山已经坐在地上,同牦牛一齐缓慢地滑下冰坡。很快地,他又气喘嘘嘘地爬了上来,走到我面前,说:"先让牦牛跪下,我们两个人在它的左右两边,一齐向下滑。"说着,他拿来两条毛绳,一条将我拦腰拴在牛肚带的左侧,用另一条毛绳将自己拴在牛肚带的右侧。拴好后,艾山同我一起在牦牛的带动下,顺坡缓慢下滑,很快便安全地滑下了冰坡。大家也都如此滑下了冰坡。

冰峰雪岭杏花村

"我带大家到一个地方吃杏子。"艾山说。

"开什么玩笑!"我有些不相信艾山说的话,"古语说:'麦黄杏熟',现在是 8 月,而帕米尔又是深秋了,还是冰天雪地,哪里还能吃上杏子!"

"帕米尔是块宝地,它既有千年冰峰,又有仙果红杏!"艾山幽默地说,"在下以人格担保,管你吃上仙果红杏!"

"好吧,跟你走!"我说,"那我就客从主便了,随你老人家去亲赴虚幻飘渺的仙境了!"

杏花村,地处我国帕米尔的塔格敦巴什东

部，海拔3600多米，宛如一块绿色的宝石，镶嵌在晶莹夺目的冰峰雪岭之中。

杏花村，由于它地理位置奇特，所以要饱览此景，必须有不畏艰险的决心和翻山越岭、踏冰涉水的毅力。这里是一个人迹罕至的天地，一年当中，也只有7、8、9三个月的时间，气温回升，山路冰开时，才能冒险进入。当地群众也是趁此时机，将土特产品运出山外，再从山外运进全年所需的生产和生活资料。

我们7个人仍旧各骑一匹马，每人还牵着一头备用的牦牛，带足4天的水和干粮出发了。

我们乘着骏马，又换骑了牦牛，冒着难以用言语表达的艰险，在冰天雪地里行进了4天，翻过了"死人口"等3道惊险的冰山达坂，淌过了30多次冰河。第四天，我们沿着拉不依拉克河走了半天，便进入布仑山谷，杏花村便呈现在我们面前。刚才，冰雪和严寒迫使我们穿上厚厚的棉衣和绒裤，现在和煦的金秋阳光，又让我们换上了单衣短衫。艾山说："在帕米尔的冰山雪岭中，分布着一条条美丽的山谷，因为两旁有高耸的群山作屏障，所以便改变了这里的自然条件，气候十分宜人。"

摄影：文昊

进入谷底，我被眼前这秀美的景色迷住了：一座座冰峰利剑，直插云天，皑皑的白雪，在阳光下闪耀着银光，薄纱般的白云，缠绕在峰峦腰间。此情此景，仿佛把人带入了一个神奇的仙境。由雪水融化而成的溪流，从山腰流下，汇成一条清澈见底的河流，沿谷底而下。河岸绿树成阴，山花似锦。成群的牛羊，散牧在绿茵茵的草地上，恰似雪山牧羊图。

再往前走，山谷更加开阔，我被前面的景色惊呆了：一排排一行行的杏树，把一条十几千米长，两千米宽的山谷挤得满满的。房前屋后，沿河两岸，路边地角，也都生长着株株杏树。杏花村的红杏，5月间开花，8月间成熟。这时正是红杏成熟的季节，那棵棵杏树，枝干垂地，挂满了红杏，似珍珠，赛玛瑙，晶莹透明。抬头看，塔吉克人的房顶上，河岸的草地上、岩石上，到处都是晾晒的杏干，仿佛整个山谷就是一个巨大的杏干库房。微微的山风，送来了阵阵杏香。

夕阳的余晖洒在杏花村的一汪汪清澈见底的涝坝上（池塘），雪山的景色倒映在湛蓝的池水上，波光潋滟，浑然一体，给杏花村平添了一层神奇的色彩。艾山告诉我，如果是5月间，这十里的山谷杏花盛开时一片雪白，简直使人分不清是花挂在山巅，还是雪满山谷。杏花白雪，真是天上人间，帕米尔一绝！

杏花村整个山谷，约有1/4的土地种植着各种果树，除了红杏外，还有桃、梨、苹果、核桃、酸梅等，真是称作"家家有果树，户户有杏林"。这里的红杏品种繁多，但是有一种呈棕红色的杏子是这里的特产。它个头大，呈鸭梨状，核小肉厚，含糖量高，吃起来，既嫩又绵，酸中有甜，甜中带酸，晒成杏干呈棕红色，是杏花村红杏中的珍品。

太阳快下山了，受杏花村司马义的邀请，我们来到他家的土屋内。热情好客的司马义老人，高兴地从老伴手中拿过两串“杏仁项链”，恭恭敬敬地给我和艾山各送一串，表示祝福。据说，主人给客人颈上挂“杏仁项链”是杏花村人的一种古老的原始礼仪，表示主人用最诚挚的心，来欢迎贵客的光临。接着，老人便以塔吉克人特有的真诚，给我们端来了杏子和杏花村独有的“杏仁浆子”来招待大家。我喝了一口，便感到一种奇异的芳香直沁肺腑。这种风味别致的佳肴，塔吉克人用来招待至亲好友，或在年节时用以改善生活。杏仁浆子，还是一种中药，用它解毒止热，健脾生津。

我谦逊地询问道：“老人家，杏花村大概有多少杏树？”

杏花村的杏树到底有多少，这位饱经风霜的老人也搞不清楚。他说在杏花村，家里有十几亩杏林的人家并不算少，他同他两个儿子的杏林近 20 亩，其中还有几株百年古杏树，每年可以收藏杏干 40 多口袋，约 4000 千克。这里杏树，年年都是枝头红果累累，树下落满了熟透的红杏。司马义老人说，杏花村交通极为不便，杏子无法运出，所以落在地上的杏子也无人捡拾，只待秋后将杏核收到一起，只取杏仁食用。他接着说，杏子是好东西，自古以来，它就是杏花村人的主食之一，作为果品来讲，它具有较高的营养价值，含有多种维生素，还能防治癌症。他还高兴地告诉我，改革开放以后，他们也就地组织粗加工，运出去卖。

我问道：“您老人家去年卖了多少杏干？收入多少钱？”

“去年我同儿子一共卖了 3 吨杏干，”司马义老人高兴地伸出 3 个指头，“收入快 3000 块钱了。这是几年来收入最高的一年，托共产党的福！”

这时，司马义老人给我们端来杏仁奶茶和酥油馕，让大家品尝。攀谈中，司马义老人告诉我，他一生很苦，从十几岁开始就做帮工，放了半辈子羊，今年已经 122 岁了，没有什么病，身子骨还很硬朗。现在日子好过了，他希望再活几十年。艾山告诉我，据他们前年的普查，帕米尔百岁以上的老人有 20 多名，其中杏花村就有 4 人。杏花村的人平均寿命是 77 岁，这恐怕与这里的特殊环境有极大关系：冰山作屏障，四面环山；水资源极少污染；气候宜人，堪称四季如春；交通极为不便，一年有 8 个月的时间与山外无来往。这里的人吃杏子多也是其中一个原因。

老人接着向我们讲起了杏花村的渊源。

关于杏花村的渊源，有一种既古老又神奇的传说：在几千年

摄影：文昊

以前，有位贤明国王，娶了9个老婆，只生了1个女儿。为了使女儿长命百岁，国王给她取名为“娄拉”（雪莲花）。娄拉姑娘容貌非凡，秉性十分勇敢。一次，她看见一个大臣在光天化日之下调戏一个民女，一怒之下，便举剑刺死了这个大臣。这下触犯了国法，按律应处以死刑，但国王只有这么一个女儿，怎能忍心处死。为了严明国法，国王便把娄拉姑娘流放到冰山雪海的大同山谷里，规定她5年不准吃五谷杂粮。国王知道人不吃五谷杂粮是要饿死的，于是便悄悄派人从山外运来一些杏树苗，在大同山谷栽种，供娄拉食用。据说娄拉姑娘就是在这里靠杏子维持生命活下来的。从此，大同山谷这个有杏树的地方，便被称为杏花村，一直沿袭至今。

听完故事后，艾山说：“一位生物学家告诉我，这里虽然是冰峰雪海，但它的山谷地势却很低，从远处看，这里像一个塑料大棚，是一个很好的植物生长区，是理想的养生、避暑胜地。”

摄影：文焱

一天看到9次日出日落

我随巡视组东巡的终点站是科库西力克。

我们一行7人，在艾山的精心安排下，先骑马后骑牦牛，现在又是骑着高大的骆驼来到科库西力克。

科库西力克位于帕米尔东部，在南疆最大河流——叶尔羌河拐弯处的大河岸畔。这里地貌奇特，水流湍急，座座山峰似倒插在地上的利剑，但非常零乱。这里山高，而山间的谷地却很窄，大多数谷地都呈现了“一线天”的架构。这里气候温和，种有青稞和水果，但土地稀少，每户居民只有巴掌大的一两块土地，作为自足自给的生活来源。由这里的地理条件所决定，这里的居民，大都居住在阶梯形山谷中。

休息了一夜之后，第二天一大早，大家都被艾山早早招呼醒了。

“快，快！太阳要出山了，快起来！”他挨着房子叫人起床。

我跟在艾山身后，快步从乡政府跑到村北山坡上。刚刚站住脚，艾山就手指东方，大叫起来：

“看啊，看啊，太阳出山了！”

我顺着他的手向东看去，只见一轮火红火红的太阳，从东方“一线天”的缝隙间晃动着挤了出来。

“喂，怎么太阳这个样子！”我自言自语地说。

大约不到30分钟，太阳就下山了，这里的光线随即也暗淡起来。

这时，我们一行人都有着一种难以言状的

心情，跟在艾山身后跑回住地，骑上骆驼，沿着峡谷，跑了约30分钟，到了一个南面的山坡，看到东方那个“一线天”的缝隙间，太阳又慢吞吞地挤了出来。

我们又跟在艾山身后，骑着骆驼沿着转来扭去的峡谷向西面奔跑，走了不到半个小时，还没有等我们下马，艾山又扯开嗓子大喊：

“看，大家看，太阳又从那个‘一线天’的山间爬上来了！”

就这样，我们在一天当中，紧赶慢赶地跟着艾山跑了9个地方，看到了9次日出日落。真是何等的绝妙啊！

就在这个时候，我举目远眺，惊奇地看到在大河彼岸的森林边，在一个激流飞泻的小瀑布下，一只美丽的雪豹抬头仰望着瀑布，一动不动。太阳推搡着彩虹，羞羞怯怯地在瀑布的山崖上徐徐升起。

在返回科库西力克政府的峡谷中，遇到了一位塔吉克族年轻人，他热情地告诉我：“这有什么奇怪的，看多了，也就不足为怪了。”他说：“我和哥哥的住房，相距仅有50米，可他的住房一年中有3个月，整整90天无日照，而我的房子一年之中，才有27天无日照。因为地貌同山体的差异，日照也就不一样，所以我们这里的各种作物，比如青稞、杏子、桃子，最早的7月便可以成熟，晚的一直到秋末的9月中下旬才能成熟！”

啊，神秘绝妙的塔格敦巴什帕米尔！

摄影：文焱

野踪仙雪

雪莲 XUELIAN

文 / 夏雷鸣　　摄影：文焱

每当听到或唱起“戈壁沙滩一股清泉，冰山上的一朵雪莲……”时，那清香扑鼻、傲然挺立的雪莲就映现眼前，像那圣洁的白衣少女，震撼我的心灵。

红梅在雪中开放，她不避闹市；雪莲却远离喧嚣，在海拔接近雪线的岩石缝中、沙质河滩中和砾石中，于6~7月份绽然开放。雪莲是多年生草本植物，高10~30厘米，茎粗壮而中空，叶密集，无柄，像那莴笋叶，先端渐尖，基部抱茎，边缘有锯齿。雪莲的苞片呈白色或淡绿色，几乎透明，薄薄的苞片就像包包菜那样包住了花蕊。开花的时候，你能看到密集的棕紫色的管状花上泛着白色的冠毛，而那薄苞片就像那舞衣呵护着花蕊。在天池，我曾看到一条蛇静静地盘在像洗脸盆那样大的雪莲花上，微微地醉着。我没有打扰它们，我的心在歌唱动物和植物在大自然中的和谐。

人类是在误解和了解事物的不断交互中认识世界万物的。有人对雪莲望文生义，以为长在石缝之中的是石莲。石莲确也存在，它是指长在南方屋顶上瓦片之间的瓦莲，其形状与雪莲风马牛不相及。新疆雪莲的正规学名叫“大苞雪莲花”，只有一种，不分雪莲和石莲。雪莲是生长在海拔 2500~3000 米的寒冻风化带的耐寒植物，它靠雪水滋养，但不一定始终立在白雪之中。也有古人对雪莲神化，说是当你采雪莲时要静悄悄地，“如指以相告，则缩入雪中，杳无痕迹”，把雪莲想象成见生人就羞涩而躲避的少女。

清代医学家赵学敏在其《本草纲目拾遗》中把雪莲称为雪荷花：“雪荷花，因访其功效，据言其地有天山，冬夏积雪，雪中有莲……性大热能补阴益阳，老人阳绝者，浸酒服，能令八十者有子。性大热，治一切寒症。”他是中国第一位通过药典把雪莲介绍给世人的医学家。现摘数则有据可查的医方，献给到天池旅游的客人。这些医方或许会帮助你的家人或朋友。治阳痿：雪莲花、冬虫夏草，泡酒饮；治妇女崩带：雪莲花、峨参、党参，炖鸡吃；治风湿性关节炎、妇女小腹冷痛、闭经、胎衣不下：雪莲五钱，加白酒或黄酒 100 毫升，泡 7 天。每次服 10 毫升，1 日 2 次。另雪莲有小毒，孕妇忌服。过量服用会中毒，其症状为大汗淋漓，全身肌肉松弛，呼吸和心跳加快。

要想一睹雪莲的风采，住在天池的哈萨克牧民会告诉你多条路径，就看你有没有毅力和体力。十多年前的夏季，我沿着大东沟徒步前往雪线，竟然发现一片翩翩起舞的雪莲，足足有两三百棵。我没有连根拔，而是折断了几棵，发现中空的茎里流着粉红色的液体，见阳光就干。我被这一书上从未记载的现象而兴奋。我折断一棵就用嘴吮红色液体，连续吮了 3 棵，我突然发呆，继而双手抱住头，心中一阵忏悔：这粉红色的液体不正是亭亭玉立的白衣少女的血吗？我怎么如此狠心。望着蓝天、阳光、雪莲，我想，在这夏季的大热天，城里的年轻人正衣着轻薄而燥热不安，而白衣圣女们却在高高的雪线上充分享受着自然，她本是大自然的一部分。

天池神话

文/赵北明　摄影:晏　先

中国古代神话有昆仑、蓬莱两大系统。所谓“昆仑”的广义指众多的高大的山，狭义则多指天山博格达，都发祥或寄托于山水之间。它是山水文化、生态文化乃至整个中华文化的源头。细心的读者或许已经发现，有关天池的古今诗词中言必及“瑶池”“西王母”等。天池也由此弥漫着浓重的神奇色彩，有些游客便是仰慕神圣，寻迹而至。

有关天池的神话传说很多，其中最著名的，莫过于出自《穆天子传》卷三所记载之发生于公元前988年的故事：

周穆王十四年（公元前963年）盛夏，周朝国君姬满（穆王）乘着造父驾驭的八骏神车经过半个多月跋涉，来到昆仑山下。只见峰峦叠嶂，层林叠翠。周穆王命人通报西王母，便被传请上山。山道险峻，迎面一座上书“地首昆仑之墟”的万丈峭壁挡住了车的去路。周穆王只得在使女的引导和侍卫的搀扶下徒步攀登。

西王母率数十名仙女乘凤辇在半道上迎接。穆王见之，整衣伏拜，深表敬仰之意。王母下辇扶起，致以欢迎之礼。穆王献上白圭玄璧、五彩锦缎等大批中原特产，西王母则酬以当地瑰宝奇珍。王母领着穆王游览御药圃——阆风苑和蟠桃园后，又遥望倚天铜柱，俯瞰悬崖瀑布。穆王指着苍松掩映中的玉楼琼阁，拈须赞叹道：“登临仙山王阙，凌霞秀气拂面，真乃仙家居处啊！”

这时，瑶池湖畔盛宴已备，王母遂请穆王来到碧琳堂中，落座于白玉圆桌旁。周围琪花瑶草与献上的雪水茶，奇香扑鼻。在九天仙乐声中，鸾歌凤旋，百兽翩跹。彩娥仙女们也飘袂起舞助兴。王母与穆王频举青觞畅饮，并即席作歌：

白云在天，丘陵自出。
道里悠远，山川间之。
将子无死，尚能复来？

王母的歌中问道，天高路远，彼此相隔千山万壑，君王何时再来欢聚呢？穆王将随身佩戴的一块白玉为信物，赠予王母后，诚挚地对唱作答：

余归东土，和治诸夏。
万民平均，吾顾见汝。
比及三年，将复而野。

穆王的答词意为：我回到东方的疆土，把国内的事务办好，使子民们安居乐业，然后我再来看望你。大约过3年光景，就会回到这里来吧。

王母陪伴穆王走访了西王母国的属地，瑶池

的湖光山色和主人的款待，尤其让穆王心生眷念，而王母在穆王临别前的宴会上，也吐露心曲：

嘉命不迁，我唯帝女。

彼何世民，又将去子。

吹笙鼓簧，中心翱翔。

世民之子，唯天之望。

歌词大意是：只因我是天帝的女儿，就得遵守祖训而不能随意迁徙。可惜我的子民们也要与你离别了。此刻，我的心随着乐曲一样悠扬、激荡，子民们也在把你这个天子仰望。如此殷切话别使穆王不胜惆怅。他便在西山的巨石上，题写几个大字："西王母之山"，并在山前栽下槐树留念，方依依揖别而去。

据说，次年春天，穆王还派使者将江淮贡茶献给王母。但3年之后才赶回来的使者报告说，他们到昆仑山下无路可行，攀援上山后不见楼阁，却听到令人恐怖的虎啸，闻到蛟龙的腥气，只好把礼物置于岩石之上，祷告而归。耿耿于怀的周穆王，命人在终南山上修了一座高万丈的中天之台，期待有朝一日在此与西王母相会。可是，穆王只有梦中与西王母几度重逢了。

西晋太康二年（281年）汲郡人盗战国魏襄王墓而发掘的《穆天子传》竹简，如今连作者都已佚名，然而，发生在"瑶池"的这段故事及其演绎，却使得天池声名远播。

天池圣果蟠桃

妇孺皆知的《西游记》中被孙悟空大闹的"蟠桃宴"，就是西王母在瑶池兴办的一次盛会。有趣的是，在瑶池与西王母的传说中，偷吃蟠桃的"始作俑者"是侍奉王母娘娘的金童玉女。

最早看管蟠桃园的金童玉女，知道这九千年才成熟的仙果，吃了便可长生不老，得道成仙，而他们却无缘品尝。不甘心的金童便采摘了一个大红的蟠桃，硬把半边塞进玉女口中，自己则把连核的另一半含在嘴里。此时，王母娘娘忽然驾临，用手一指金童的咽喉，那桃核正卡在当中。他二人也被罚下凡受罪百年，金童转世为伏羲，玉女转世名叫女娲。他们结为夫妻，繁衍了人类。男人们脖子里都长有核桃似的喉结，女人则没有。

玉女在下凡途中，曾坐在花果山上的一块顽石上痛哭，也把一滴经血遗落石上。后经千万年的孕育，石破天惊，孙猴子（悟空）问世了。他为了替母亲讨回公道，找到王母娘娘却被辱骂，所以一怒之下，把满园蟠桃全都摘光了。

万木竞赛

沿三工河谷去天池风景区，一路的树种繁多。先是大片大片的榆树，而后河边是一片片的密叶杨树，等到了天池，就成了漫山遍野的云杉。这其中还有一段神奇的传说。

相传，西王母在天池开蟠桃盛会，西王母心喜，便多饮了几杯酒，乘着酒兴，她取出赶山鞭让生长在平原上的诸多树木比赛赛跑。于是，树木们听到号令，争先恐后地向瑶池奔跑而来。

话说赛跑当中，云杉跑得最快，一溜上坡跑上了天池，高兴得云杉趾高气扬，昂首挺胸。于是，云杉的树干便挺直挺直的；杨树跑得气喘如牛，口干舌燥，刚想在河边喝口水，谁知王母娘娘已宣布云杉为第一名，杨树只好驻足水边；榆树最慢，才跑到河谷，因此它们长得疙里疙瘩，把腰也累弯了，从此再也没有长直。到现在榆树有时想起此事，还伤心地从树窝里流出些“泪水”；原在瑶池生长的蟠桃树听见赶山鞭响，还以为自己也要参加比赛，情急之下跑错了路，只好到别的地方安家落户去了。所以，现在在天池连一棵蟠桃树也见不到了。

灯杆山的长明灯与铁瓦寺洪钟的传说

相传，西王母三石顶天之后，有位道人在山下修成一庙宇，又在三石中立一长杆，上悬红灯，名曰“长明灯”。灯杆山由此得名。晴朗的夜空中，熠熠灯光在长空中闪烁，遥遥百里隐隐可见。远近百里的百姓认为只要这盏天灯不灭，天下就得以安宁。有诗曰：“嶙峋三石刺苍穹，立地顶天伟亦雄。昔日灯影对乱世，今日红霞满山中。”

在灯杆山上，有一座寺院叫铁瓦寺。原址位于天池西北岸约700米处。因寺院用青砖砌成，铁瓦铺顶，故称铁瓦寺。铁瓦寺坐西朝东，背靠山脊，面向天池。青松掩映，幽静无比。据说，修建铁瓦寺时山路不通，原材料很难运送上山，于是人们就用数百只山羊从山脚下放牧而上，同时给每只山羊驮上两片瓦或两块砖，就这样驮了无数次，才终于把铁瓦寺重建起来。

后来又从民间请来铸钟工匠，经过九九八十一天的铸造，一口一人多高、钟口直径有一张饭桌大小、重近一吨的天鸣钟立地而起。钟悬挂起来后，铸造匠立下了奇怪的规定：谁也不许去敲第一下。他吩咐道长，让他徒步下山，朝东步行7日后方可撞钟。于是道长启程下山。众人等啊等啊，好不容易才熬到了第五天，其中一位性急的道人实在憋不住了，趁人不备，举起撞杆就将钟给撞响了。这时道长才走到百余里外，道长清清楚楚地听到了从铁瓦寺传来的清脆洪亮的钟声。据说，假若7天以后才将钟撞响，也许钟的响声还能传得更远。

达摩西行斩熊妖

很久以前，菩萨达摩西行至三工河畔，在山间择定一个大石洞，面壁静坐。正月十五，洞外的悲声惊动了正在修炼的达摩。他出洞探问，方知是从北海游来的一只九头熊妖，划博格达峰北麓为其辖地，除了要百姓供奉千百只牲畜，还要每年此时送来9个孩童供其食用。达摩安抚人们抬回儿童后，便健步来到三工河源头，奉劝九头熊妖迷途知返，洗心革面。不料，熊妖瞪着十八只眼吼叫着要与达摩争斗。达摩念动真经，调动九天罡气下界，顿时彤云四合，狂风劲吹，飞雪如刀，寒气彻骨。九头熊妖跌进雪坑，即被九条金丝绸把脖子缚住。妖熊央求达摩放它生路，再不祸害百姓。达摩仁慈为怀，遂放之北海。

那时，太阳热烈，天朗地燥，苍生多难。达摩摘下一个天山葫芦，从长江舀来清水，倒入三工河，然后驾云东去。那遗留在三工河里的葫芦瓢，便形成了天池。

醉仙林

"醉仙林"——王母娘娘在东岳大帝圣诞之日，派心爱的七仙女儿乘坐着自己的七宝香辇赶去祝贺。祝寿大宴开始后，不料停放在中天门的七宝香辇被暴雨山洪冲下了山，幸亏被松树用枝体给拦住了。松树枝干受了重伤，而七宝香辇却完好无损。为答谢这些泰山的松树仙们，王母娘娘特请他们参加了第二年的蟠桃会。这些毛毛仙获得王母娘娘褒奖，并被恩准尽情享用珍馐佳肴和琼浆玉液，个个猛吃海喝。谁知在宴罢下山的路上，过量的瑶池仙酒后劲发作，松树仙们东倒西歪地醉了过去，等到酒醒时却已在醉卧处生了根，不但走不成，连身子也站不直了。后来，人们就把现在天池以东的大东沟下游处一片躯干歪斜的奇怪的松树林叫做"醉仙林"（又叫"醉汉林"）。

锅底坑

传说很早很早以前，地上的人经常通过天山瑶池边上的天梯登上天宫与神仙共乐。日子一久，玉皇大帝就感到不耐烦了，于是就让天上的神仙下界去与人游玩，从每年的三月三至七月为止。在那一百多天时间内，神仙们每天一粒仙丹就够了，而地上的人则天天伐木烧做三顿饭。于是王母娘娘规定：伐木做饭只能一半松树一半柏树掺和着当柴烧，决不能乱砍滥伐。开始，人们倒也听话，久了锅边的松柏都砍完了，就形成了今天的"小锅底坑"。后来到天山瑶池的人越来越多，人们只好从小锅底坑挪了个地方，换成大锅做饭。于是大锅附近的松柏很快也被砍光了，就形成了大锅底坑。再后来，来瑶池的人更多了，松柏几年就给砍了个精光，即使后来又长出一些小柏树来，也不敢往高里长，只是贴着地面匍匐生长，怕被人砍。这就是现在锅底坑附近所见到的那种"爬地柏"。

玉皇大帝知道后，一气之下，搬去了天梯，把天升高了，再不准神仙们到人间与人嬉戏共乐。另外，还把上瑶池的大路断掉，只留下一条崎岖难行的上山小道。这样一来，地上的人别说上天了，就是登上天山没有勇气也是不行的。

胡杨国里的神奇世界

SHIJIE

文/傅庆胜

摄影：文焱

在我骑自行车旅游全国历时6年的最后一年，游遍了天山南北。新疆是个神秘的、神奇的、令人神往的彩色世界。那无边无际的莽莽大草原，雄伟的帕米尔、天山、昆仑山、阿尔金山、阿尔泰山，尤其是那热情好客的新疆各兄弟民族的风俗民情和善良心灵，给我留下了难忘而强烈的印象。还有那浩瀚的戈壁沙海的酷热，帕米尔的严寒，准噶尔的“风吹石头跑”，塔克拉玛干胡杨林中的历险，都使我大开眼界，因认识西部神秘色彩而感到快慰。我留恋她，思念她，我要用我的笔写下西部世界迷人的一切。有兴趣的丝路游迷们，请跟随我去领略一下1985年11月17日的不平静的一天吧。

在塔克拉玛干大沙漠南缘一千余千米的戈壁沙漠中，骑自行车旅行是十分艰辛和枯燥乏味的。每完成100千米的旅行就得花去十几个小时，有时碰上积满流沙的公路，不要说人骑车了，而是倒过来，自行车骑人！好苦好苦啊，一天下来整日见到的是灰蒙蒙的天际，灰蒙蒙的戈壁沙漠，偶尔见到几株胡杨或红柳那是非

摄影：文焱

常幸运的了。你看苦不苦？这不，今天出了且末，向民丰县西去，400余千米的旅程全是戈壁流沙地段，沿途只有几个养护公路的道班，可以说是新疆的“西伯利亚”，是最为冷清的地段了。

枯燥地骑着车，脑际中总想发现点什么。多么想见见那神奇的海市蜃楼啊。见鬼，要在戈壁沙漠中见到它谈何容易！非得好天气，好机会，更重要的是夏天里，而现在是初冬，因此是无望的。脑际中尽管可以去想，但还是得现实点，计算计算怎样安全渡过这无情的流沙、荒漠，去寻找迷人的绿洲。

终于熬过了安迪尔河道班，枯燥之味的流沙已被甩到了后面，尽头出现了生机勃勃的生命群。我兴奋地跳了起来，情不自禁地手舞足蹈起来。啊！我观赏到了世界上极为珍贵的奇树，沙漠荒地里的勇士——胡杨。

我走进这个沙海之中的金色胡杨林里，心旷神怡。那湛蓝的天空衬映着金色的胡杨叶，形成了别具一格的“秋色赋”。我被融进了这无边无际的胡杨林，要去拥抱这个世外桃源，兴奋得不能自已，走啊，奔啊，简直发了狂。细细观来，每棵胡杨都是一盆绝妙的似乎是放大了的盆景：看，那棵多像一位年过半百的老翁在静静地打太极拳，这株又多像一位健美的维吾尔族少女翩翩起舞！哦，还有那株，太像孙悟空那猴怪在舞棍耍术呢！别急，这株不就是一头雄狮虎视眈眈地在山林中撒野吗？那两株，更像蛟龙在玩耍……真可谓千姿百态，惟妙惟肖。清人宋伯鲁在其咏胡杨的诗中描述道：“君不见额琳之北古道旁，胡桐万树连天长。交柯接叶万灵藏，掀天掉地纷低昂。矮如龙蛇欲变化，蹲如熊虎踞高岗，嬉如神狐掉九尾，狞如药叉牙爪张！”

这个自生自灭的大漠原始胡杨林里，曾是野生动物的“天然乐园”，不时就会闪现出胡杨

林中美丽“公主”马鹿，看那矫健的肢体，轻松愉悦、自由自在地驰骋觅食，偶尔还能看见成群结队穿行而过。野生动物中善跑的黄羊、草兔等则随处可见。听说还有凶猛无情的野猪，狡猾透顶的狐狸等等，在这荒漠林中生息出没，也没有人来干扰它们，像胡杨一样任其繁衍。

我不停地按着照相机的快门，不能错过这大好良机，不知不觉间竟拍了三卷多。当我正想寻找停放自行车的地方时，却发现迷失了方向。糟了，身边除了相机，既无一滴水，也无一口粮，整整被大自然的奇景痴迷了十几个小时。到夜里，只听远处的野猪“哼哼”声不停，还有其它小动物的种种怪叫，形成了独特的胡杨荒林交响曲，令人恐惧不安。再加上渴得冒火的喉咙。我猛然想起3000年前，我们的祖先曾用利石划破树皮吸吮树液解渴，现在也只能效仿了。可是当我划开树皮一吸，想不到胡杨树液又苦又涩，根本无法润喉。在如此干旱的荒漠地带，没有粮

食还可坚持，没有水怎么能行呢？嘴唇已经干裂，饥渴难耐，在那万般无奈的情况下，我想起自己一天的尿还没有排放呢！于是我找到一个牛皮信封，排尿喝，润喉充饥，来渡过这暂时的难关！

夜，黑得伸手不见五指。我想再也不能这样胡乱走下去了，那样会越走越远，万一方向正好相反，走到人迹罕至的胡杨深处，那可就有性命危险了。所以决定就地等待，到天亮再设法出去。我好不容易爬到一棵大胡杨树杈上，半蹲着睡着了。到了午夜，沙漠温差又把我冻醒来，再也无法入睡了。惟一使我庆幸的是胡杨林中空气十分清新，天空闪耀着无数星星，偶尔还能看到人造卫星。我想我在这原始胡杨林里过夜，它们可知道么？我们之间的距离实在太远了……啊，东方泛白，终于迎来了森林中的又一个黎明，红日冉冉升起，胡杨林又恢复到五彩缤纷的世界之中。

“时间”也终于为我找到了向导——几位牧羊的维吾尔族兄弟。他们见到我这副狼狈的样子，就用生硬的汉语夹杂着维吾尔语和我交谈起来。他们得知我的经历十分惊异，立即把我这有气无力的躯体扶上马背，驮出胡杨林，找到了自行车，便来到道班上。维吾尔族兄弟为我端来香喷喷的拉条子。我美美地吃了一顿正宗的维吾尔族拉条子之后，精神又十足起来。我便向他们叙述了骑车行万里的历险记，他们个个听得目瞪口呆，对我赞不绝口，每个人都要到我的自行车上骑一骑，过过瘾。一下子我们便成了好朋友。

“你们可知道胡杨为什么能在这样苦涩的盐碱地里生长吗？”健壮的维吾尔族小伙子买买提明是高中毕业生，他告诉我，“胡杨是一种耐干旱，抗风沙，

摄影：文焱

喜盐碱，能在冬季严寒、夏季酷热，年降水量只有十几毫米的恶劣自然条件下生长的优良树种。它的根系十分发达，厚厚的树皮内贮存着大量水分，而且越是干旱的天气，其体内贮存的水分也越多。它是世界上发现的最为古老的胡杨树种，而且在世界上除了撒哈拉大沙漠中有少量存在外，绝大部分都生长在我国的塔里木河两岸、叶尔羌河、和田河、孔雀河、车尔臣河、克里雅河，以及甘肃的部分大漠戈壁边缘上，总面积达 13 万公顷，构成极为壮观的荒漠绿色走廊。胡杨作为荒漠沙地里惟一的天然树种，又为人类作出了特殊的贡献。它以粗壮的躯干群体阻挡流沙的侵袭，改变了恶劣的气候，保卫了绿洲，维持着沙漠边缘地区的生态平衡。”

我听得入了神，好神好神的胡杨！维吾尔族小伙子继续着他的长篇大论。他说：“胡杨还会哭呢！它流的泪是白花花的，也就是人们通常说的苏

摄影：文焱

打，俗称胡杨碱，《本草纲目》称作胡杨泪。因为胡杨将吸收的盐分部分贮藏体内，部分又通过表皮裂缝向外溢出，排出体外，形成白色或淡黄色的块状结晶。胡杨这种生态特征，就是通过植物体来搬运盐分，是干旱荒漠植物的一种特殊功能。胡杨碱的用处可大了，不但能作为人们日常生活中做发面的引子，而且可以入药、制皂，在工业上还可用于罗布麻的脱胶及皮革的鞣制。据说，光是新疆的胡杨碱每年的产量至少在百万千克以上，胡杨林真成了聚宝林了！

胡杨木作为木材，还有个特点，就是耐水湿力特强，可以在土中或水中经久不腐，最适宜于作桥柱、电线杆、木船。其木质十分坚硬，负重可超过天山中的云杉，如作铁路枕木，矿井支柱或修造房屋，其寿命都长于云杉。我们维吾尔人相传，胡杨能活3000年，长着不死1000年，死后不倒1000年，倒地不腐1000年！”

摄影：文焱

我听着这些胡杨王国的精彩故事，心情无法平静，我们实在需要点胡杨精神。它索取得太少太少，而奉献的却是它的一切，就连叶子也是最佳的羊饲料和沤制堆肥的肥源。

草原丝绸之路

文 / 王炳华

摄影：文 焱

丝路，是联系古代亚欧大陆的著名古道。从这个意义上说，从蒙古高原经准噶尔盆地到哈萨克丘陵，到土共平原、黑海低地，这条横贯东西的草原古道，就是一条很早就已存在，但在今天还认识得相当不够的古代交通路线。

过去开拓并不断建设这条古道的主要角色，是古代草原游牧民族，是他们矫健的征骑！在辽阔的草原上，征骑如天马行空，条条道路通向天涯，有水草处有人家。除跨越阿尔泰山这类天堑，受到峡谷、达坂的限制外，其他的路，实际上是相当自由的。利用这漫漫的草原路，曾有多少东来西往的古代游牧民族，由东到西，或自西到东，为世界历史涂抹过一道又一道新鲜而绚丽的色彩。如欧洲历史上曾起过重要作用的斯基泰人，他们的足迹就留在了准噶尔盆地和阿勒泰地区。我们中国人相当熟悉的匈奴，曾凭藉着这条古道，从蒙古高原走到了欧洲。突厥，也曾在历史上建立过从蒙古高原到哈萨克丘陵的东、西突厥汗国，影响远播于亚、欧。屹立在亚洲东部的大唐帝国的战士、使节、商旅，也曾一批又一批循着天山北麓的片片绿洲，去到楚河流域，咸海周围。契丹民族建立的辽和西辽王朝，也有过与匈奴、突厥差不多同样辉煌的历史。特别是蒙古大帝成吉思汗，沿着这条古老的道路，从亚洲东部一直走到了欧洲，使欧洲帝王们汗颜。这些，不过是随手拈来的几个比较突出的实例。更大量的，数说不清的，不同历史阶段的普通骑士、牧人、商旅，也都曾经不断在这条道路上行走往来。他们的名字，他们在这条古道上曾有的欢乐和忧患，都已消失在历史的尘埃之中，但那曾经震碎草原静寂的急促的蹄声，那随着远方商旅到来带给草原毡幕的欢乐，沿途的草地、流水、戈壁、山谷曾经共享过的。这一批批往来相继的商旅、骑士，他们或者一站接着一站，像接力棒，江河中的后浪与前浪，把彼此距离遥远的民族、国家的经济、技术、文化成果进行了传递、交换、介绍；或者从东到西、自西到东，一贯到底，从自己的故国家园，一直走到遥远的异方他乡。

我们的这个概念，既有历史文献的提示，更有大量考古资料的证明。成书于公元前 5 世纪的希腊著名史学家希罗多德的巨著——《历史》，就隐隐约约地提到过这条古道。说是从顿河上游的一处商业市场，向东到达撒乌岁马泰伊人居住的地区，再到布迪诺伊人住地，然后经过 7 天人烟稀少的荒漠，再向东，就到了杜萨该塔依人的住处，他们以狩猎为生。越过杜萨该塔依人的住地，是以狩猎为生的玉尔卡依民族，再向东，就是一支谋叛了的斯基泰王族而迁到遥远东方的斯基泰人的居留地。经过这支斯基泰人住地，走过一段自然环境荒凉的地界，就到了一座高山下，这里住着秃头民族。有的西方学者认为，希罗多德记述的这座高山，就是指的阿尔泰山，而秃头民族，很可能就是指东方的蒙古人种。

值得强调说明的是，现已取得的考古成果，确实证明并深化了我们在这一历史问题上的概念。在伏尔加河、西伯利亚、蒙古高原、河套地区，以及新疆北部一些地点，都见到了具有斯基泰风格的文物，如兽首铜刀、短剑、双耳深腹铜鍑等等。此外，与斯基泰文化有关的鹿石，发现于阿勒泰地区的青河县。伊犁河谷出土的红铜武士像，头戴弯钩高冠，其造型与古希腊比利乌斯雅典娜像上的铜冠如出一辙。苏联学者在苏联阿尔泰巴泽雷克发掘的巨型斯基泰古墓中，既发现了公元前 5 世纪左右的中国丝绸、漆器，还发现了波斯阿赫明尼德王朝时期艺术风格的文物。由此可见，早在公元前 5 世纪以前，就有一条从黑海北岸经土共平原、哈萨克丘陵，到准噶尔盆地、河套地区，以及蒙古高原的草原之路，把这一广大地区联系起来。古老的斯基泰人在开拓和维护这条道路上曾发挥过重要作用。

当年，经过这条古道西去的斯基泰人中的主要商品是黄金。曾有不少学者明确指出：在公元前 7 世纪至 4 世纪，这一斯基泰王国最强盛的时期，他们控制着这条古道，从事黄金贸易，使斯基泰人掌握了当时世界上谁也无法匹敌的巨量黄金财富。而相当主要的黄金资源，就来自阿尔泰山。阿尔泰山，是名不虚传的金山。这条古道，也有学者据此而称为“黄金之路”。当然，利用这条商道来去的货物，不会只是黄金，如东方的丝、漆、铜镜，也是西方珍视的瑰宝。巴泽雷克巨冢中的出土文物，就是有力的说明。后来，匈奴成了蒙古高原、准噶尔盆地的主人。他们从两汉王朝取得的大量丝织物，自然也会有相当一部分通过商品交换，辗转运到了欧洲草原。

根据希罗多德的《历史》和考古资料，我们肯定了从蒙古高原到黑海之滨存在一条古老的商道。这条商道又是怎样通过准噶尔盆地的呢？

在准噶尔盆地的东北，是绵延展布、高达4000多米的阿尔泰山，盆地的南面，是东西莽莽伸展的天山。当人们从蒙古高原来到阿尔泰山脚下，如何穿越这高峻的山体，是摆在面前的一个难题。根据有关记录及实地考察的结论，在阿尔泰山中，可以方便穿行的峡谷，沿途也得水草之便的通道不能算少，如由曼迪万达坂、霍来因达坂，均可进入布尔津河上游，入额尔齐斯河谷；由伊和土尔根尼达坂，可以进入克共河上游，同样进入额尔齐斯河谷；更南，由乌尔莫盖提达坂，同样可进入克共河上游，抵达阿勒泰县。由科布多斜向西南，翻越赛依里肯达坂，可以直接进入额尔齐斯河上游。由开尔根敖包或巴彦毛德尼布拉格翻越阿尔泰山，可以抵青河或布尔根河上游，进入乌伦古河。再南行，穿越将军戈壁，可入天山北麓的奇台县境。上述这些峡谷、达坂，沿途多有水草，大部分至今仍然是可以通行的牧道。在阿尔泰山地，在青河、布尔根河、额尔齐斯河、乌伦古河及蒙古高原、哈萨克斯坦境内，普遍发现突厥汗国时期及突厥汗国以前的石人雕像，多少可以在一定程度上说明，这些地方曾是古代游牧民族遨游、生息的理想天地，是他们东来西往的坦途。

从蒙古高原翻越阿尔泰山，最有名的历史人物要算一代天骄成吉思汗。根据《蒙古秘史》的资料，在13世纪刚刚揭开帷幕的那几年，成吉思汗曾前后数次跃马挥戈，从蒙古高原翻越阿尔泰山，征讨不亦鲁黑汗和乃蛮部，征骑到了乌伦古河及额尔齐斯河谷。阿勒泰草原上丰茂的水草，丰富的矿产资源，曾为营养和补充成吉思汗的征骑、军资，作出过有力的贡献。

从蒙古高原进抵乌伦古河或额尔齐斯河流域后，可沿河西行，进抵塔城、博乐、伊犁河谷，抵哈萨克斯坦。元代刘郁西使，走的就是从博乐入伊犁这条路。

从阿勒泰草原折向南行，穿过将军戈壁，循准噶尔盆地南缘、天山北麓西行，通过伊犁谷地进入哈萨克丘陵地区，唐代以后，以至辽、元时期，同样是一条很重要的交通路线。北庭都护府、轮台、弓月、碎叶城，都曾是这条干线上的远近闻名的政治、经济中心，是中外商旅往来不绝于途的都会。唐朝政府设在轮台县的税吏，利用轮台的交通枢纽位置，向往来商人征税，可以为沿线军政资用解决很大的份额。这条路线，从这一历史阶段说，把它看成古代草原丝路的重要一段、一个重要的组成部分，当然是不成问题的，而且通过这条道路进行的商业贸易，其规模是相当不小的。今天，要在这条古道上巡礼古代丝路遗迹，从奇台县的北道桥古城，奇台县城旁边的唐朝墩古城，吉木萨尔县的北庭故城、双河古城，阜康县的紫泥泉古城、六运古城，米泉县的下沙河古城，昌吉市的昌吉古城，呼图壁县的呼图壁古城，玛纳斯古城，以至尼勒克县的古城。这些沿着天山北麓联成一线的古城遗址中，可以追寻到不少历史的消息。如遍布城中的残陶碎瓦，古色斑斓的铜器，龙泉窑的精美瓷盘，还有回鹘汗国时期的壁画，察合台汗国时期的银币，随处都可以撩拨起人们渺远的历史情思。

沿着这条古道，在历史上留下深重足迹的名人高士也是不少的。唐朝著名诗人岑参，曾不知多少次在这条古道上纵马驰骋，看戈壁大漠，雪山白云，慨叹仕途的失意。元代长春真人邱处机，作为当年道教的领袖人物，以七十多岁的高龄，腰悬成吉思汗手赐的虎头金牌，也曾跋涉在这漫漫草原之路上。他老人家过阿尔泰山时说："其山高大，深谷长坂，车不可行"，"乃命百骑挽绳，悬辕以上，缚轮以下，约行四程，连渡五岭，南出山前，临河止泊。"王国维考证，这"河"就是乌伦古河，"泊"大概就是布伦托海了。从这以后，轮骑转而向南，越过一片戈壁，到了水草丰茂的天山脚下，复迤而西，至伊犁，入塔拉斯河谷，到恒罗斯城、撒马尔干及阿姆河，与丝绸之路的中道、南道又接上了头。

从公元前5世纪左右到今天，历史的书页已翻过去了2500多年，这是一个遥远而漫长的历程。但是，从蒙古高原到黑海低地的草原之路，它的自然环境，山谷、戈壁、草原，沿线的牧业风光，似乎还没有改变多少当年的本色。在阿尔泰山下，额尔齐斯河畔，随时都可见到青碧的草场，散牧的牛羊，奔驰的骏马。在星罗棋布的毡幕之中，随时也都会有飘逸的奶香和诱人的肉香，欢迎来自远方的客人。希望一探古代草原丝路风情的人们，一旦投身到广阔无垠的塞外草原，不仅会立即一洗大城市喧嚣紧张节奏而产生的烦恼，而且还将为恬静的山川、松林、草原所陶醉，深深感受到人生、未来的美好。

愿草原丝路焕发新的光彩，望草原丝路的生命长青不衰！

◎摄影：文焱

天阶之路上的神秘峡谷

文 / 王树声

古丝绸之路通往帕米尔，也是今天的中巴国际公路，被人们称为“天阶之路”。上帕米尔必须要穿越一条神秘的峡谷——盖孜峡谷。盖孜，柯尔克孜语为“分水岭”，因盖孜河横贯其中而得名。盖孜峡谷属公格

摄影：昆泉

尔山系。《新唐书》称之为剑末古，峡谷全长 75 千米，最宽处约 200 米。每次经过这里，虽然一路劳顿，但还是不愿意闭目错过路边的每一处景致。透过车窗环顾四周，狭窄的河谷满眼荒凉，神秘如同弥漫缭绕在山涧的雾气，久久不能散去。带着疑惑，我贪婪地翻阅各种资料，包括自然环境、地理概况、人文历史……随着积累的增多，我眼前蓦然亮了起来，它不是一条孤寂的峡谷，而是一条激情四射的通道。汉代以来，无数的使者、将帅、王侯、艺家、文人、僧侣和往来跋涉的商贾在这里留下了足迹，现代文明隆隆的声响回荡于峡谷，盖孜河水卷起千年白雪，唱着欢歌激情而下，高原的劲风顺着谷地掠过一道道山崖，石缝发出清脆悦耳的声响萦绕在峡谷之中。这里虽然没有都市的喧闹，但却有着都市所没有的欢歌。

进入峡谷，好像步入了地质博物馆，地质运动将巨大的山岭雕琢得千奇百态，大自然的神来之笔又将山岭涂抹得五颜六色，装扮层次分明。河床青灰，两侧的山体红褐、淡黄、青绿，再往上便是皑皑的雪峰，昆仑第一高峰——公格尔峰赫然矗立在苍穹中。老虎嘴附近峭岩危耸，怪石嶙峋。春夏秋三季，四周山崖荒凉、单调，甚至你会觉得自己置身于遥远的外星之中。其实只要当你静下心，细细观察，反复体验，就会发现它的美丽之处。我不能不叹服昆仑的壮观，裸露的岩石如同一个个威武的勇士，向你展示着男子汉般的阳刚之美；经过瑞雪的梳理，冬季的峡谷又显得诗情画意，我常常问自己：这里是峡谷，还是画廊？

距峡谷 40 千米处的奥依塔克遍布着冰川，最低处海拔仅有 2800 米，海拔 6678 米的阿依拉尼什雪山雄踞于此。由于山峰陡峭险峻，雪崩频发，至今仍保持着自己的贞洁。雪山、冰川、河流、原始森林、瀑布、雪崩、草地天然地置于奥依塔克十分罕见。

盖孜峡谷与其他峡谷并无太多的差异，然而这条峡谷之所以闻名遐迩，就因为它是帕米尔高原的一条生命线，在古代是通向葱岭的重要走廊，是连接东西方文化的重要通道，而今又成为中巴国际公路的一部分。站在盖孜

摄影：文焱

河曲折蜿蜒的公路上隔河相望，可以看到对面山坡上用石块垒起来的围墙，围墙中央有一座废弃的古建筑遗址，屋顶用黑褐色片石覆盖，昔年凿石的痕迹历历在目，在幽暗的峡谷中显得更加神秘。这便是闻名遐迩的盖孜古驿站，从遗址看，当时可容纳数十人居住。

关于驿站流传着这样一个传说。

相传，汉代以前，喀什到塔什库尔干并没有道路，来往官客商贾只能望山兴叹。当时驻疏勒（喀什）的一位汉族官员为了改变这种现状，奏明朝廷后，便亲自率领上百名兵士进入盖孜峡谷，决心打通这条通道。经过8个春秋的艰苦奋斗，终于开通了这条咽喉要道。为了方便来往使者、官吏、商贾、邮差避暑御寒，挡雨遮风，又在峡谷中修了一座驿站，也就是呈现在后人面前的盖孜驿站。在驿站落成之日，这位官员也因操劳过度长眠于峡谷。他曾留下遗言，不要将自己的遗体运回疏勒，把它掩埋在盖孜驿站附近，以便能够与这座倾注了他全部心血的驿站毗邻共处。

盖孜古驿站自汉代以来，数千年间人迹不泯，为来往客商提供食宿和方便。直到18世纪末，还有人在此开设客栈食堂，接待来往客商。随着海上丝绸之路的开通，这条曾经辉煌一时的古道日渐萧条。石屋已坍塌，但历史的痕迹仍能依稀可辨。当走近这片废墟，沉默的驿站那巨大的力量将我推入一条历史隧道，在这里我仿佛看到宋云、法显、玄奘等名人使者远去的身影，听见悠扬的驼铃声和马帮的吆喝声。瞬间你会感到历史之渺远，岁月之悠悠，更会被古人的精神所感动。

经过一路的跋涉，当来到海拔3300多米的出口时，眼前的景色更是令人叫绝：群山环抱着布仑库勒湖，湖对面那银色的山坡同样让人惊叹，数千米的山峦铺满了沙粒，波动的沙浪此起彼伏，似银似雪，不断地给我们展示了流畅而优美的旋律，只有想象中的童话世界才有如此奇景。这是大自然的造化，是它的鬼斧神工之作，也是呈现给我们的没有经过任何人工雕琢的艺术经典。

荒凉中彰显的是美，神秘中萦绕的是美，险峻里展示的还是美。每当我走进这条峡谷，就会强烈地感受到其中的内在美。

MYSTERIORS Canyon

大峡谷

Yuanli Cunzhuang de Shuimofang

远离村庄的水磨坊

文 / 韩连赟　摄影：小雨

在南疆的于田，在315国道经过的老戈壁上，走过不知多少回，每次路过这里，我都注视过那片远离国道、远离村庄的神秘绿色。人们说，那是劳改农场的水磨坊，我曾经多次想去看看，但一直没能如愿。机会终于来啦，这次南疆采风的任务已基本完成，还有时间，我和小马决定下国道，走戈壁，去水磨坊看看。车在戈壁上摇来摆去，行驶了两个多小时，终于在水磨坊前停下来。

六十多岁的沙依玛洪·土库曼其（“磨面人”的意思），几乎一生都是在水磨坊活过来的。他从小就跟他爹在解放前就在磨坊干活。这里离村子骑驴要走大半天才能到，他从小也没做过什么别的营生，经历中除了要过饭，就是给人磨面。爹就他这么个宝贝，娘生了他以后嫌弃他家穷，爹又长年不在家，一年到头在大老远的戈壁上，孤独的磨坊劳什子见不到人。那女人耐不住寂寞，和村里的艾克玛洪街长（百户长）私通，后来被爹撞上，打过两回，仍不见效。爹干脆把她弄到磨坊来锁在磨坊旁边的地窖里。结果没3天那女人硬是用手掏了个地洞跑啦。结果爹在街长家再找到她后，平时软弱、老实巴交的老土库曼其硬是夜里一把火烧了艾克玛洪街长的房子，把老婆塞到装面的口袋里用驴连夜驮到磨坊，把她双眼抠掉扔在地窖里。后来那女人竟然活了下来，爹却被送进大牢。沙依玛洪当时只有六七岁，爹不管娘不爱的，满世界流浪要饭。后来竟在劳改队他找到了亲爹，也就不再流浪，陪着爹一起在劳改队生活了多年。没想到在这戈壁深处的大狱（解放后的劳改农场）的下游也有一个属于农场的磨坊。后来磨坊的磨面人刑满释放回家了，农场的领导知道爹是老土库曼其，就把他们父子俩安排到这水磨坊来了，重操旧业，做这磨面营生。父子俩不用再到大田劳作，到也挺安逸地相依为命生活在这老戈壁深处。不知过了多少年，后来场里通知爹可以回家了，但父子俩不知家在哪里，回哪里去，三天三夜急得爹睡不着。后来爹抱着磨坊养的两只老母鸡，骑驴到场部找队长送上鸡，又说了好多好话，求队长让他继续留在农场，留在磨坊劳改。经场领导同意才又留下来的。没几年爹死了，沙依玛洪也没打扰场里，自己把老人葬在了磨坊后面的老戈壁上，沙依玛洪从此孤独地守着这磨坊，守着和他朝夕相伴的驴。场里也不用他去，每隔几天就有人把粮送来，把面拉走。就这样他一个人在这老戈壁深处。在磨坊周围无聊时他栽下的不少柳树，今天已是一片小绿洲，在黑色的老戈壁上特别惹眼。

就这样一片老戈壁，这样一个远离村庄的老磨坊，这样一个沙依玛洪，生活得这样幸福、自在。现在虽然到处都是机磨、电磨，年龄大一些的农民还是愿意吃土磨磨的面，吃这个土味。沙依玛洪说："我的水磨磨的面，吃了特别香甜，特别有劲，永远年轻，既然还有人喜欢我的水磨面，那么，我就会永远磨下去，让人们吃得有力，吃得年轻，吃得精神。"说着沙依玛洪从磨坊的墙角处的炭灰里挖出一个大奎麦其（用炭灰烧的饼）拍拍灰，用衣服一角擦了擦，掰开递给了我和小马每人一大块。好烫、好香的奎麦其，我大口大口地嚼着。这香、这烫、这灰、这磨、这人让我回到生养我的农村，回到了南疆，回到了20世纪70年代我接受再教育的梦境。

天色已晚，我告别了沙依玛洪，告别了磨坊，告别了戈壁，告别了那片绿色，向远方的城市走去。

逛逛山西巷子的“巴扎”

文/楼望皓

乌鲁木齐的山西巷子是个有名的巴扎，离二道桥不远，只有一站路。这里是维吾尔、汉、回等民族的聚居区，也是他们传统推车摆摊做生意的地方。据说，当年山西大同人季登魁在这里开设了一个“山西驼场”，凡从内地到乌鲁木齐经商的骆驼队，都在“山西驼场”歇脚，后来这一带便被人们称为“山西巷子”了。据当地老乡介绍说，在过去，这一带也是非常热闹的地方，有少数民族开的饭馆、杂货店、馕房、茶房、豆腐房、羊杂碎店，有流动剃头的、卖菜的、卖煤的毛驴小车，还有一些卖凉皮、卖烤肉、卖酸奶的风味小吃摊点……应有尽有。从早到晚，人来人往，川流不息，十分红火。由于来往的人多，做生意的人也多了起来，自然形成了巴扎，这种局面一直延续到文化大革命前。在那“破四旧”和“凭票供应”的年代，山西巷子的巴扎消失了，人们再也见不到往日繁华的场面，这条巷子成了再也普通不过的巷子了。党的十一届三中全会以后，改革开放和按市场经济规律办事以来，山西巷子巴扎又开始慢慢复苏了，许多人开始移居到这里，拆除平房，盖起了楼房，扩展了门面，政府也投资扩建了马路，整顿环境，对山西巷子进行改造，一个新的山西巷子出现在人们的眼前。随着新疆南北疆公路建设的发展和铁路修到喀什以后，南北疆的各种土特产源源不断地出现在山西巷子的巴扎上，除此之外，还有内地进来的各种纺织品以及从巴基斯坦、土耳其进来的皮货和工艺品。今日的山西巷子巴扎上有数以万计的大小商品，要比过去不知要丰富多少倍。

今年 11 月初，恰逢肉孜节的前夕，我有幸到这个久负盛名的山西巷子巴扎逛了逛。山西巷子是一条不宽的巷子，路的两边开店的、摆摊的、推车的一个挨一个，各种语言的叫卖声此起彼伏，热闹非凡，众多的人群常把交通给堵塞了。这天，卖东西的人多，买东西的人也多，吃的喝的用的，应有尽有。特别是出产在全疆各地的一些瓜果和干果，在这里也是屡见不鲜。像阿图什的木纳格葡萄、叶城的石榴、库尔勒的香梨、喀拉库赛（伽师的甜瓜）、酸梅、和田的核桃、库车的小杏干、吐鲁番的葡萄干、哈密的甜瓜，新疆的“名牌产品”几乎在这里一应俱全。我正在参观这些瓜果时，突然一阵果香向我扑来，我回头一看，只见一个中年的维吾尔人推着一

摄影：晏先

车黄灿灿的水果朝我走来。我仔细一看，车上的水果既不像是苹果，也不是香梨，上面有一层茸茸的毛，散发着一股浓浓的香味。我问这叫什么？这位维吾尔族老乡笑着告诉我："这是'比耶'（维吾尔语），有的汉族人叫木瓜，学名叫'榅桲'，是从喀什运来的，做抓饭香得很。"长期生活在城市的人是很难见到这种东西的，真叫人开了眼。更令人惊讶的是，这里维吾尔族馕的品种相当丰富，有库车又大又薄又圆的艾买克馕、库纳克馕（玉米面馕）、阿依勒克馕（家庭用的馕），喀什的格尔德馕（窝窝馕）、托卡西馕（小油馕），和田的果西格尔德馕（带肉馅的窝窝馕）和伊犁的果西馕（油炸的薄圆肉馕）。那边还有卖烤全羊、烤鱼、烤鸡，还有卖辣皮子、恰玛古（蔓菁）、奥斯曼（板兰根），令人眼花缭乱。不过，卖馕的生意特别好，一位专卖库车艾买克馕的维吾尔族的"馕瓦依齐"（做馕生意的人），名叫买买提依力，他一边数钱一边告诉我："托胡达的福，今天卖了500多元。"他的馕一个卖2元，不到一个下午就卖光了。艾买克馕是库车的特产，直径足有五十多厘米，在新疆的馕中是个头最大的，馕的边缘稍厚，中间很薄，上面还有皮牙子（洋葱）、西亚旦（黑草籽），吃起来脆香，久放不坏。买买提依力告诉我，他从库车来乌鲁木齐有一年了，起初他和妻子两人打馕卖馕，谁知乌鲁木齐的人非常喜欢吃这种馕，生意很好。后来他又从库车请来两个人帮忙。现在他和另两个人打馕，他妻子卖馕，每天要打出几百个馕，都可以卖光。

在卖馕的旁边，我又结识了一个卖馓子的维吾尔族的中年人，他叫塔依尔·加帕尔，奇台人。在他的摊位上只剩下一摞馓子了，每千克卖10元。金黄色的馓子不时散发出诱人的香味，他热情地请我尝尝他的馓子。我拿了一小截尝了尝，又酥又香，真的不错。他告诉我，昨天他和妻子炸了一夜的馓子，摞得像小山一样高，现在卖的只剩下这一点了。他掏出口袋里的钱，骄傲地在我眼前晃了一晃说："这760元是今天卖馓子的钱。"我问他有多少利润，他说差不多有40%。我问他常年都炸馓子吗？他说，每逢维吾尔、汉等民族过年过节，他就炸馓子卖，平时他卖烤肉卖馕。我又问他，为什么不在你的老家奇台做生意，而跑到乌鲁木齐来做生意？这一问把他的话匣子给打开了。他说，他文化低，念书少，为了把他的3个女儿培养成有文化的人，将来有出息，他在山西巷子已做了8年的生意。现在大女儿已上了大学，还有两个女儿上双语的中学。等她们毕业了，我再回到奇台去度晚年。现在这样辛苦都是为了她们的前途啊！

在山西巷子做生意的

摄影：向京

人，有许多都是为了孩子在拼搏，但是有多少孩子能够理解父母的一番苦心呢？

逛着逛着，不觉肚子有些饿了，于是来到一个叫“安居尔”的快餐店，店前有卖烤肉、烤包子、凉粉、塔盘喀瓦甫（馕包肉）和薄皮包子，各种美食都散发着诱人的香味。刚进门，一个胖胖的维吾尔族老板迎了上来，问我吃什么。我说有什么特色的饭，他给我拿出一份菜单，我一看有二十多种，几乎把维吾尔族常吃的美食全包括进去了。他告诉我，他是伽师县人，南疆所有的维吾尔人的饭他这里都有，保证味道地道。在吃饭中和这位老板聊了起来。今年45岁的老板叫图尔逊·库尔班。他告诉我，3年前在山西巷子租了100平方米的餐厅和60多间客房，除了老母亲和一个儿子留在伽师“看守阵地”外，其余的3个儿子和妻子都在乌鲁木齐。他从喀什、和田、阿克苏雇了40多人，帮他经营旅店和餐厅。现在，他有了两辆小卧车，一辆奥迪自己开，另一辆夏利作公务车，一个儿子上大学，两个儿子上中学。山西巷子这块宝地帮他发了财。他透露，他还做皮货和棉花生意，常出差温州一带。他说党的政策好，帮他发了财。我问他在银行有多少“普鲁”（维吾尔语，“钱”的意思），他只是笑而不答。其实，他的现实已告诉了他的财富，我们又何必去追问那些无关紧要的数字呢。

在这里做生意的，除了维吾尔族之外，还有不少回族，他们也是山西巷子的老户主了，在这个巴扎上也挣了一席之地。在一个叫“嘟哇”的食品公司店铺里，见到了回族女老板兰宏。她40开外，十分精干，在山西巷子已做了十几年的生意了，去年注册了“嘟哇”这家食品公司。我好奇地问：“为什么叫‘嘟哇’这个名字呢？”她说：“嘟哇，是从《古兰经》中引来的，表示我们的食品是真正清真的。”她的店里摆的全是食品，有各种各样的糕点，包括圆馓子、扁馓子、糖麻花、油香等，还有各种咸菜、酸菜、泡菜，连回族人订亲、提亲用的四色礼包她这里也有。她告诉我，这些食品都是自己加工的，随着季节的变化，她们的食品的种类也在不断地增多，到了夏季，她还经营凉粉、凉皮、凉面。临走时她还告诉我，她的火锅店又要开张了，到时候还要请我吃火锅哩！

山西巷子的巴扎，真像是一个新疆民族食品博览会，内容越来越丰富，花样也越来越多。有空，你也来逛逛。

摄影：向京

◎摄影:文焱

彩云上的人家
CAIYUN SHANG

文/马 克

帕米尔高原是“世界屋脊”的一部分,它和天山、昆仑山、喜马拉雅山等著名的大山一起组成了亚洲盆地粗壮的骨骼。

湖是高原的思想的汇合,风是高原难以破译的语言,这高原上的一草一木都由雪水来哺育,而风在不停地叙述什么?这种语言只有世代居住在这里的塔吉克人才能听懂。

塔吉克人是中国境内惟一的欧罗巴人种,从体格和外表上你就可以发现,男人长得很像希腊国王,女人像雅典女神。

敦巴什大尾羊也是高原国度里才有的居民,它们和自己的主人一样,有着沉默的性格和忍耐的精神,一年四季都穿着厚厚的皮衣。

塔吉克语属于印欧语系伊朗语族,这一点也显示了他们与新疆其他信仰伊斯兰教的民族的区别。由于塔吉克族没有自己的文字,所以对于这个民族的起源至今还没有精确的结论。但考古工作者在这里的发掘说明,公元前的文化遗址中的人骨,已有塔吉克人的典型体质特征了。

可以想象,当平原地区的居民仰望天空,发出“难于上青天”的叹息时,塔吉克人却踏着彩云如天马行空,那是何等的美妙和潇洒!

其实站在高原上看天空,天空仍是一如既往地高远深邃,只不过它有着陆地上难以伦比的蓝色。这种蓝色无法用语言来形容,可以这么说,它形象地解释了高贵和纯洁的涵义。

塔吉克男人温和,容易接近,但眉宇里透露出一种与生俱来的高傲,这种表情只有放在雪山和蓝天的大背景里才令人赏心悦目。如果少了它,那真是高原的一个缺陷。

女人们的责任是照顾孩子和牦牛,制作各种食品。牦牛是塔吉克族生活中的一座活动供给站,人们要靠它搬家,驮物,从它身上挤出的牛奶也是人们的滋补食品。

塔吉克女人似乎每时每刻都有操心的事,很少露出微笑。她们的微笑,就像高原上那些光滑裸露的岩石上线条优美的裂纹,看起来,总让人怦然心动。

塔吉克族的神奇之处还在于有些古老的习俗,在他们今天的生活里也屡见不鲜,他们的见面礼节古朴而郑重,男子互吻对方的手,女人们互碰嘴唇,晚辈对长者则行吻手礼。见面时,他们的第一句问候语是“真主保佑平安!”

高原上的这一群人就是以这样的方式形成了感情纽带。他们人口不足两万，由于人烟稀少，山环水绕，有时一个牧人骑马走一天路也碰不上一座毡房。共同的生活，共同的希望虽然被山水阻隔，但祖先留下来的精神财富却是一个无所不在的精灵。它翻山越岭，联结起了无数漂泊的心。

鹰是塔吉克人的崇拜物，他们自称是鹰的传人。塔吉克人是幸运的，塔吉克人的根就活生生地飞在天上，使他们每时每刻都能感到力量的源泉。鹰不仅是塔吉克人理想生活中的一部分，同时，也化作了生活的艺术。塔吉克人的乐器鹰笛是用鹰的翅骨镂刻而成的，它传达的是一种自然的音响，有人说它像鹰的凄厉的鸣叫，这得靠你自己去听了。他们的传统舞蹈鹰舞的一招一式都模仿鹰的姿态，鹰的飞翔。顿悟之间，你会觉得天更宽，地更远了。

塔吉克人的婚礼是按伊斯兰教规进行的，每个程序都有特别的涵义。

这一天，人们把新娘打扮成一位画中人，她的辫子被一串串白扣子装饰起来，这表明她将成为别人家的媳妇了。

阿訇念诵《古兰经》，传达祖先的劝诫。

新郎的头巾，红色象征青春，白色象征纯洁。女性抛撒的面粉和方糖，都是祝福他们未来的日子富裕美满。

这些场面在外人眼里显得那么新鲜，那么奇特，但对塔吉克人来说这只是日常生活中的一个内容，他们天生就有一种在生活中创造诗意的才能。如果让这位新郎去做诗人，谁知道他会写出怎样动人的句子呢?

新娘的弟弟也在同一天娶亲，手鼓的节奏还在草原上空缭绕，他就急不可待地穿戴打扮了。又嫁女儿，又娶媳妇是塔吉克人的一大风俗，老人们往往喜欢选择良辰吉日，办两件成双成对的喜事。

另外值得一提的是，这片高原上的唐代遗存石头城，它曾是古代丝绸之路通往中亚的一个具有战略地位的要塞，据《唐书·西域传》记载，它原是朅盘陀国国王宫城，宫城的外观像一座截去顶部的巨大锥体，底大，顶小，底部周长有 1000 多米，上部的城围才一两百米，由于城池是修筑在自然的悬崖之上，所以直到清代，它都是屯兵之地。有趣的是城墙还有许多往下看的圆孔，每隔几米就有一个，这些圆孔斜朝下就像俯视城下的一些简单的望远镜。

一千年的岁月，要想知道这里发生的刀光剑影的故事，只有去问彩云上的人家。

摄影：小雨

巩乃斯现在时

文/宋 燕

巩乃斯森林公园藏在天山冰峰雪岭的口袋里：在它的东、南、北三面，分别盘踞着乌特艾肯乌勒、那拉提和阿吾拉勒山脉。

走入森林公园，空气中乍然充满了“五颜六色”的味道。黑色的泥土的醇厚，深绿的松木的幽香，青草和满山的野花们淡淡的若有若无的气息，缠绵着渗入身体的每一个细胞，仿佛激活了某个神经似的，驱使你的脚步轻盈起来。

去过那儿的人，在谈论到那个地方时，往往只是那样的一笑。之所以称之为“那样的”笑，是因为他们笑得不是清脆爽朗，淋漓畅快，而只是给你一个轻轻的，又好像有些神秘的笑的表情。这里面似乎包含着不可知的意味深长，仿佛他们在那儿发现了什么，又或者是把什么秘密藏在了那里。再追问下去，那种欲说还休的样子，让人一头雾水之余，冷不丁地冒出一句：自己去看看呗！那腔调中的骄傲和不屑，让人忍不住要恶狠狠地回他一句：去就去，有什么了不起！

是啊，巩乃斯森林公园，它藏了什么宝？

走在海拔 3000 米的达坂之路，车窗外远处雄浑的冰川雪峰，凛然以不同的姿态漠视着你。路两旁起伏的山脉林海绿草地，似乎没有尽头。汽车在庞大的山体之间渺小得如一只蚂蚁，轰轰然让人被这种深厚的威力震

◎摄影：文焱

慑得诚惶诚恐起来。九曲十八弯的山路迷宫一般，迂回盘旋着，有时好像折返到平行的另一条路上，悠悠然却已爬上了半山腰。如果不是急着去揭开巩乃斯的面纱，你一定开始喜欢这个迷宫游戏了。在下一个开阔地，会看见什么呢？也许是一座山，陡峭严肃或者平缓坦然？也许是一片松林？一群羊？还是一个姑娘？在这个迷宫里，别想找到笔直的大道，嶙峋多变的地势，陡峭险峻的山势，真的好似进入“爱丽丝奇遇记”，开始又一段神奇的漫游。

这里的树葱郁得让人吃惊。大片的云杉纯林，好似无数墨绿的尖塔，高傲地昂然屹立；桦林炫耀着自己纯白的树干，有的树叶已经微微转黄，而有的还绿油油地闪着光；一丛丛灌木轻声低语着，一簇簇野花缤纷着这个无数种绿色组成的世界。大片大片的树林层层叠叠，随着山的起伏，漫漫地扩散开去，每一株都是那么的生动，而无数个生动，组成这样深刻无语的旋律。忍不住趴在草地上，也许你会听到大地蓬勃的脉动，即刻灵魂好似砰的一声散作无数碎片，消融在空气与泥土间。

此时在城市噪音中迟钝了许久的听力，豁然敏锐起来。小鸟的啁啾，树叶的摩挲，还有丁冬潺潺的流水声。是的，这儿到处充盈着水的气息。巩乃斯河变幻着脚步，蜿蜒地穿过森林公园。她轻轻地流过峡谷；她欢畅于灌木草地的芳香；她化作几条小溪，环绕着大树小树飞奔而过；她重重地跃下峭壁，又急匆匆地奔驰而去。不要惊诧于洪加里克瀑布上飞架的彩虹，在阿尔先瀑布前，你绝对会为那种气势磅礴的隆隆的阵势而倾倒，如崇拜英雄般的，喜欢这种威力无比的味道。

当然，这里也有静谧无语的仙女湖。翠绿的桦林伴水而立，微风中，诗一般翩翩起舞。湖水中映射的蓝天绿树，宛如奇幻的另一个世界。望着湖水中白云的影子飘呀飘，你的心也着了魔似的飘起来，只想一头掉进水中的世界，等待仙女的出现。

其实，巩乃斯森林公园最大的特色，应该是它的温泉。在阿尔先河北岸，自然天成的温泉，如串串珍珠洒落在青山碧水之间。温泉有12个泉眼，据说，每个泉眼都能医治不同的病症。小小的浴房，温热的泉水，这样的诱惑难以抵挡。有很多人喜欢露天的温泉浴，将身体浸入热腾腾的泉水，张开肌肤的每一个毛孔，让那灼人的热缓缓地沁人心脾。此时，享受着阳光的抚慰，看到远处的冰川雪山，近处的小草野花，那是一种怎样的惬意与爽快！亲近自然，接受自然的馈赠，阿尔先温泉是首选。

在穿越峡谷的过程中，森林公园给予每个人不同的惊喜。森林里生长着几百种野生植物，名贵的、普通的、绚烂的、精致的，上帝的妙手创造出无数神奇。不知名的小鸟，在树枝上跳跃，也许倏忽之间，马鹿从你身边奔跑而去。当你走过峡谷，进入班禅沟，那漫山遍野的野花，绝对会使你产生爆炸性的震荡感。世间所有的颜色，如不经意间洒在地上，毫无委屈，泼辣辣地开在绿草之间，那种盛况那种灿烂，这种颜色这种数量，就像强烈的爱情，虽死而无憾。

这里散居着十几个民族。蒙古包星罗棋布，珍珠般的羊群撒满山冈。坐在蒙古包里，有穿着艳丽衣裙的女子不声不响地弄出最丰盛的大餐。圆圆红红的脸蛋，弯弯的眼睛，细白的手，低头轻轻地自茶壶倒出奶茶，端到你手边，又是轻轻地一笑，瞬间那脸上散发出纯粹自然的光彩，如清泉般明快而澈亮。抿一口醇香的奶茶，禁不住心中高呼：我愿每日奔跑千里，匍匐于你脚下，只为这轻轻的一笑，只求这一碗奶茶。很想把巩乃斯森林公园每一个让人心动之处，像珠子一样串起来，带回家，取下一粒就是一个闪烁的宝藏。他们说，冬天的森林公园，是一个银装素裹的童话世界。厚厚的积雪，玲珑的树挂，奔流的巩乃斯河，河面蒸腾的雾气，林林总总，又是另一番景致，别一种神秘。我绝对相信，而且向往。

火焰山面面观

HUOYANSHAN MIANMIANGUAN

文 / 王炳华

火焰山，是一条绵延展布在吐鲁番盆地中部的低山。它山势虽然不高，但就是因为它的存在，把吐鲁番盆地分隔成了南北两大自然区划，使吐鲁番盆地形成了南北分异的自然景观。

火焰山，是吐鲁番盆地的名山，用一个新名词——知名度来衡量一下火焰山，它的得分，比较起不少山势险峻、景色秀丽的名山来，是不会逊色的。古往今来，到过吐鲁番的人，无不对它留有深刻的印象；没有机会来到吐鲁番的人都知道，在新疆的吐鲁番，唐僧偕他的徒儿孙悟空们去西天取经的路上，真有一座“火焰山”，于是想方设法，殚精竭虑，希望能有机会来到它的脚下，一睹“庐山真面目”。

在吴承恩老人的不朽名著《西游记》中，火焰山原是孙悟空大闹天空时，蹬倒了太上老君的炼丹八卦炉，有几块耐火砖带着余火落到了大地上，才化生出来的。这天火，自然不同于一般，山上“有八百里火焰，周围寸草不生”。谁要过山，“就是铜脑盖、铁身躯，也得化成汁”。所以，唐僧他们离火焰山还有 60 千米路程，已经感到灼人热浪，前进不得。火焰山周围的村落、人家，主要是靠了铁扇公主的芭蕉扇，一扇熄火，二扇生风，三扇下雨，所以才能播种、收获。为向铁扇公主借得芭蕉扇，孙悟空也使尽了浑身本事，腾云驾雾，用定风丹，变小虫钻进公主肚子造反，大斗牛魔王，最后才扇灭了八百里的大火，而且断绝山上的火根，使山前、山后的村民得以安居乐业。

现实中的火焰山，当然看不到当年孙悟空曾经见过的景象。它的山势并不高，一般海拔都在 500 米上下，就以它的最高峰，在胜金口左右的高峰说，也不过海拔 851 米。这样一条低矮山系，在帕米尔、昆仑山、天山、阿尔泰山等名山会聚的新疆，实在是小巫见大巫，不值一提的。但因为文人学士们的生花妙笔，尤其是《西游记》中关于火焰山出神入化的一番描述，就使火焰山的大名妇孺皆知了。

它通身光裸的秃岭，看不到一棵树、见不到一棵草的景观，不仅没有减少它的幽趣，减少它的吸引力。相反，这景观，这浑身红里透青的山色，山前那炙人的热浪，似乎还成了“八百里火焰”的注脚，对四面八方的人们，一直保持着特殊的魅力，吸引大家的注意，激发人们探索其奥秘的热情。

火焰山，在不同知识素养、不同分析角度的人们的心目中，具有完全不同的形象。

在诗人、作家的心目中，火焰山有强烈的“火”的色彩，不论是在《西游记》写作之前，还是在《西游记》中对火焰山的形象有了传神的描写以后。冷静分析一下，这确实也有他们共同的实际观察、生活体验的基础。火焰山上裸露的岩层，基本的调子就是赭红色。每当入夏，炽烈的阳光照射在山势曲折的红色沙岩上，真是红光闪耀，云烟缭绕。夏日过此，70℃以上的地温，任何人身临此境，也都会有置身在烈焰升腾的火山面前的感觉。擅长于形象思维的文学家们，当然会立即捕捉到这种形象，展开想象的翅膀，用艺术的语言传达他们的感受。唐代大诗人岑参，生前曾经多次在火焰山前来去，在高昌、交河故城中驻足，因此，他留下的多首描述火焰山的诗作中，突出的就是一个“火”字。如他的《火山歌送别》说：“火山突兀赤亭口，火山五月火云厚。火云满山凝未开，飞鸟千里不敢来。”还有一首《经火山》，说到了他初见火焰山时深切的感受：“火山今始见，突兀蒲昌东。赤焰烧虏云，炎氛蒸塞空。不知阴阳炭，何独燃此中。我来严冬时，山下多炎风。人马多汗流，孰知造化功。”明朝诗人陈诚，衔命西使，也曾经过吐鲁番盆地，驰骋在火焰山前，对火焰山，他也颇多感受。在他保留下来的《火焰山》诗作中，说是“一片青烟一片红，炎炎气焰欲烧空。春光未半浑如夏，谁道西方有祝融。”所谓“祝融”，是传说中的中华民族的始祖之一，与伏羲、神农一道，被并称“三皇”。他是传说中的火神、火官，可能是古代先民记忆中一个在取得火、保存火、扩大火的使用方面有过伟大贡献的原始部落领袖。火焰山烧得这么厉害，不由得使陈诚想起了与火有密切关系的老祖宗祝融。在陈诚的诗作中，直称此山为“火焰山”。联系《西游记》，可以看到“火焰山”这个称呼，在明代的中原大地上已经比较普遍了。清人施补华，也是一个对火焰山有过体验的诗人。在他的诗作《戏作火洲歌赠黄芸轩司马》中，说“命地为炉山作炭，热风烧空宵复旦”。把通体赭红的火焰山石，山前热风的灼人氛围，描写得也很贴切。我不清楚《西游记》的作者吴承恩是否到过吐鲁番，如果没有到过，主要就是从历史古籍中诱发了灵感，使他对火焰山的特色，有一个大概的了解。如脱离了这一基础，有关火焰山的种种奇想，他当然也是写不出来的。

与文人墨客对火焰山这种绘声绘色地描写相比，自然科学研究者们所持冷静的态度，形成十分有趣的对照。

曾经有机会请教过一位地质学家，请他从地质学角度说说火焰山。他用地质学家清冷、明确的犹如石头一样的语言进行介绍，说它是“中、新生代形成的火焰山褶皱带”，“地壳由横向褶皱运动而隆起，由一系列轴向西北西—东南东的背斜构造组成。裸露的岩层为第三纪、侏罗纪、白垩纪沙砾岩及红色泥岩，含石油、硝盐、石膏”。听后犹如天书，经过反复揣摩、请教，才大概体会到是这样的情形：在距今 2.2 亿年至 7500 万年前，在本来平整得犹如一幅舒展的布匹那样的吐鲁番大地上，地层深处突然发生了一种不安的躁动，就好像造物主一双十分强有力的大手，在吐鲁番西北的桃儿沟到鄯善县城这一地段内，从两端用力向中间挤压。这股挤压的力量是那么巨大，作用是那么均匀，于是，本来平展的大地，慢慢改变形象，隆起许许多多、似波若浪的褶皱。大地，似乎一下子突然有了巨大的生命活力，原来平躺着的身躯，听从一个统一口令，十分整齐地弓起了腰背，向着一个方向，保持一定距离，依着一定顺序，进行了排列、堆叠。在100千米长、7千米宽的地带内，十分整齐，丝毫不乱。不论是谁，只要有机会到吐鲁番，无论从高空俯视，还是在它的面前认真、仔细地观察，肯定可以体会到上面介绍的这一现象。它会使你困惑、疑惑，使你不知不觉间被吸引，而且不由得产生一种感慨：天地万物之间，存在那么多的神奇的奥秘，值得自己去寻求根源，探索真谛。

在地理学家们的心目中，火焰山又有另一种性格。在他们的笔下，火焰山是一条绵延展布在吐鲁番盆地中部的低山。它山势虽然不高，但就是因为它的存在，把吐鲁番盆地分隔成南北两大自然区划，使吐鲁番盆地形成了南北分异的自然景观。土壤、气候、水流、植被等生态条件，都有一定差别。在火焰山中，经过亿万年的自然力作用，形成了不少先行河流切割成的沟谷。沟谷两岸，林阴蔽日，田园苍翠。连木沁、斯瑞克普、吐峪沟、葡萄沟、木头沟等等，就都是这样一些十分美好的去处，自然也都是古代吐鲁番人繁衍生息的理想场所。在火焰山前，在道道河川下流之处，也无一例外，都出现了醉人的绿洲。盆地内闻名遐迩的高昌故城、柳中故城，实际都是受惠于这些河川的滋润、育养，才得以出现、繁荣。沟通亚欧的古代丝绸之路在火焰山前通过，实际也是凭借从火焰山中流出的这些生命之泉的无私奉献。

在任何一位考古学家的眼睛里，谈起火焰山，肯定又是另一番理解。他会注意到，火焰山，当地的维吾尔语名称是“克孜尔塔格”，直译汉意是“红山”。这与“火焰山”虽可联系，却不能等同。他还会穷搜苦索，去寻求“火焰山”这个名称，在古文献中最早出现的年月。大概，他会注意到，在成书于战国时期（公元前475年至公元前221年）的一部地理与神话杂糅的著作——《山海经》中，曾经提到，新疆地区有罗布淖尔湖，就在与湖相去不远的地方，有一座“炎火之山”，“投物辄燃”。就是说，谁要向这座烈焰熊熊的火山中投进什么东西，就会立即被烧尽。这一“炎火之山”的记录，有没有可能就是关于“火焰山”传说的源头呢？在隋唐时期，它在历史著作中的名字是“赤石山”，比较贴切、客观，有历史学家的风格。但在同一时期的诗人笔上，却否定这种干巴巴的名称，而竟自称为“火山”，明显有诗人、作家的风采。到了明代，前面已经说过，陈诚在诗中更直接称呼“火焰山”，而通过《西游记》绘声绘色的描写，取经路上的火焰山，就更成了一处家喻户晓的神奇所在了。

历史学家、考古学家在研究、认识火焰山时，形成的又是完全不同的一些概念。同样是《山海经》中关于“炎火之山”的记录，他们的联想是，战国时期的中原学者，通过一定的途径，已经对新疆大地有了一定的了解，在认识新疆与中原地区之间关系时，这是一个有力的实例。在火焰山旁的交河沟西，火焰山前的阿斯塔那－哈拉和卓村北，考古学家们寻觅到丰富的细石器遗存。在他们的思维网络中立即联想到，随天山洪水滚滚而下的大砾石、硅质岩，曾是原始人战天斗地、制作石器的好材料；火焰山下一些不毛的戈壁，1万年前也曾有过水草、灌木林。

在灌木林中，有过勇敢追逐猎物的勇士。在灌木丛中、在水边树下，也曾有过认真制作投矛、石刀、弓箭的老人与围观、习艺的小孩。这种围观的场面，实际也就是当年的“技术学校”。考古学家们通过对石器制作工艺的比较、分析、研究，还寻觅到了古代吐鲁番居民与邻近的柴窝堡、七角井、罗布淖尔地区居民之间往来、联系、互相交流的历史信息。1万年左右的历史沧桑，这些遗址点上不见了水，也不见了曾有的灌木丛，而只留下当年的历史印痕：各种石器及制作加工石器的石核、废弃的石片。历史，在虽属缓慢但确实不曾停止过一时一刻变化发展的节奏中，不仅完全改变了这里的地理面貌，还在向一个我们今天还不能完全准确把握的、遥远的明天前进。

在历史学家、考古学家们的思想屏幕上，分析火焰山时，还不断出现过火焰山中的桃儿沟、胜金口、吐峪沟等等保留至今的佛教洞窟，洞窟中有彩色斑斓的壁画，以及永远透着慈祥微笑的佛祖和菩萨形象。在从晋、南北朝到高昌回鹘王朝，差不多近千年的岁月中，火焰山下是香火缭绕的佛教圣地，都曾经是雕梁画栋，金碧辉煌，不熄的香火，虔诚祈祷的人流。曾经有多少饱经现实生活劫难的男女，从喧嚣的高昌、交河、柳中等这些城市中脱身出来，避开世俗人生的苦难，来到火焰山下，伴随着古刹的晨钟暮鼓，默默领悟人生的真谛，把现实世界中难以觅寻的幸福理想，寄托在了无法捉摸的未来世界。

他们可能想到，在火焰山下，如连木沁村西土丘上的古代烽墩，胜金口峡谷中的古堡废墟，曾升腾起汉代的烽火、唐朝的狼烟。在西域历史上曾经风云一世的不少英雄豪杰：李广利、郑吉、班超父子、沮渠安周、麴文泰、侯君杰……大概也都曾在火焰下中留下过自己的足迹。这些历史上的过客，对突兀似燃的火焰山，大概也都曾有过发自不同角度的指点评论。车师王国的武士、匈奴王朝的铁骑、来自中原的戍垦者、满身风尘的漠北高原上的回鹘英雄，都曾在火焰山一展雄风；还有历朝历代不绝于途的锱铢必较的胡商贩客，他们也曾经在火焰山前彼此接触、碰撞、吸收、融合，再继续迈向一个更广大的世界。火焰山，作为一个不朽的老人，自然也曾目睹见证了这漫长历史的一切。

火焰山突兀在吐鲁番盆地中部，已经有亿万年时光。它将永远兀立在那里，继续经受、面对今后的一切，包括今天。后来者们还会继续发表有关它的各种分析评述。这些分析和描述，因角度不同，知识结构各异，还会是形形色色，各有千秋。一条平平常常的从中生代就开始形成的褶皱带，曾经给人类带来过有益的因素，但也带来过一些局限。世间事物，一分为二，无不具有这两重性。当然，作为这么一道山体，它也确实有着自身多方面的内涵，要认清它的多种面目，需要有多方面的知识素养，而对能彻底全面认识它、了解它的人们，它当会奉献最大的能量。

香飘野果林

XIANGPIAOYEGUOLIN

文/郭从远　郭维东

今年初秋的一天，我们从西北边陲的新源县出发，傍着天山，直奔野果林改良场。车窗外，阳光灿烂，田野金黄一片。远山黛蓝，银冠闪耀，山腰那一片墨绿色的丛林在微微起伏。同行的一位同志用手指了指说：那就是野果林。

呵！古老而神秘的野果林，吸引了多少专家、学者专程考察，多少游人、记者访胜探奇！我们对它久已向往，此刻，真恨不能让汽车插上翅膀，飞到它的身边，撩起它的面纱，一睹它古老而又年轻、神奇而又美丽的容颜。

在场部招待所住了一夜，翌日清晨，坐送面粉的马车上山。车出场部，顿觉天宽地阔，大路两旁是笔直入云的白杨树。我们从来没有见过如此整齐、高大、苍翠欲滴的林带。我们像置身在绿色的沟底，头顶是一条长长的、带状的蓝天，使人望不透四周的景象。快到山脚，一片一片小果林亭亭玉立，周围拦着铁丝网，防止牲畜践踏。赶车人告诉我们，这是新建的定植园，用最新的科学方法进行管理，它是未来果园的雏型。

一到果园，我们就迫不及待地向山上爬去，像鸟儿一样投入了野果林的怀抱。绿色的波涛洗去了疲劳，扑鼻的清香使人醉倒。我们从这一棵果树绕到那一棵果树，从这个山头绕到那一个山头。一棵棵铁灰色、粗壮苍劲的果树上，枝叶繁茂，枝头挂满了红色的、黄色的、白中透红的、青中泛紫的、粉里带黄的苹果，有的形似圆球，有的状似圆锥，有的底部略尖，有的体形扁圆，真是风味各异，引人入胜。我们在树间穿行，脚下开着龙胆花、仙鹤草、野薄荷、蒲公英，头上飞旋着黄雀、山燕、布谷、野雉，四周不见人影，却隐约传来阵阵歌声笑语。呵，我们莫不是来到孙大圣的花果山？每到一棵树，主人都热情地挑几个鲜果让我们尝。放在嘴里，轻轻一咬，脆生生，甜丝丝，香喷喷，宛若甘露滴在心上。我们一边走着，一边吃着，一边听着主人介绍，禁不住发出阵阵惊叹，真是老树新枝，妙手回春。若不是亲眼所见，还以为是神话呢！陪伴我们的老朱同志讲，这里原来都是原始的野果林，从来无人问津，任果树自生自灭。据说野果每年落地一层，自然发酵，蒸发着股股酒香，牛羊进来都会醉倒。而现在，在野果树下嫁接上新的品种，使原来只有枣一般大的小野果变成了碗口一般大的苹果了。真是鬼斧神工呵！

我们提出去看看未经改良的野果林，老朱同志欣然带我们前往。绕过几道山坡，一片野果林呈现在眼前。只见树丛矮小，枝条零乱，零零散散地挂着串串雀蛋一样的果子。尝一口，酸得倒牙，苦得发麻。谁能想到，就是在长过苦果的树干上会结出香甜如蜜的新果呢？我不由得望一望我身旁的主人，心中产生出一种由衷的敬佩之情。在我们的要求下，老朱向我们讲了野果林的历史。

在远古的新生代时期，濒临古地中海的天山一带，气候温和，雨水充沛，各种温带植物生长得十分茂盛，一棵棵野果树繁衍成林，绵延千里。后来，地中海向西退离，气候向大陆性转移，变得严寒而干燥，不少动植物相继死去。到第四纪冰期以后，在天山一些沟谷地带，由于温暖潮湿，一些野果林得以保存下来。现在，新源、巩留、霍城、伊宁、察布查尔等地都有大片的野果林，分布在海拔 1000~1500 米的山坡上，面积约 9000 公顷，有野苹果、野杏、野山楂、野核桃，最近，在野果林还发现野梨。这样大面积的野果林在全国是罕见的，被称为世界温带果树起源的中心。

古老的野果林，洒满了劳动人民的血泪。勤劳而善良的人们吃够了苦果，却不知苦从何来。他们面对苍苍的野果林，用想象编织了美丽的传说，寄托他们的希望。相传有一个名叫那孜古丽的姑娘，在全部落里数她最美。她见部落里的穷人整年放牧，却连牛奶、马奶都喝不上，只能吃又苦又涩的野果。她便想：为什么不能使他们吃上又甜又大的果子呢？于是她天天从雪山上挑来清甜的雪水浇灌野果树，一年一年又一年，野果树上终于结出了黄橙橙、红艳艳的大苹果。她摘下一个尝了一口，甜到了心上。她激动得用颤抖的手摘了满满一筐苹果送给穷苦的乡亲们。消息传到千户长的耳里，他竟要霸占果树，姑娘坚持不让，他便把姑娘绑在树上，点燃烈火，勇敢不屈的姑娘在烈火中变为一只天鹅腾空飞去。从此，野果树上再不见那又大又甜的苹果，而是又小又涩的苦果。传说反映了人们改良野果林的愿望和要求，然而，在暗无天日的旧社会，大片大片的野果林却沉睡着。人们要唤醒它，让它焕发青春，只有在人民当家做主的时代才能变为现实。

1958 年，一支五十来人的队伍开到了科克恰克山下，两顶帐篷一口锅，修山路，盖住房。他们就是野果林改良队。

老朱讲到这里，不禁激动起来。他个子不高，标准的南方人脸形，肤色黑里透红，这是风吹日晒的标记。他是改良场从湖北招来的果农。来时，正是血气方刚的青年。虽然住的是苇席棚，吃的是粗茶淡饭，四周人烟稀少，可是他们却迷上了野果林。他们成立科研小组，白天搞试验，晚上钻书本，一种崭新的生活从他们的脚下开始了！

满怀憧憬、充满激情的日子总是那么令人

难忘！各民族的姑娘小伙们整天在一棵百岁的果树前奔忙。他们锯掉野果树的上枝，以它的躯干作砧木，把从东北、山东等地运来的“国光”“黄元帅”“红玉”“祝光”“日之初”“雷帅”“青香蕉”等优良品种的苹果种苗嫁接在野果树上。他们对未来充满美好的遐想：那一串串、一挂挂的神果，红如火，黄似金，绿如玉。一座宏大的现代化的具有横贯山岭的高空索道，规模宏大的果酒罐头加工厂，美观新型的大果窖，穿梭来往的汽车，幽雅的住房，明亮的电灯的苹果城仿佛展现在他们眼前。

人们为追求美好的生活而奋斗！希望，给人以勇气和力量。老朱他们为改造这块宝地，一口气苦干了八九年。多少风霜雨雪，他们像护理自己的孩子一样护理着果树。有时，天刮起了大风，他们不约而同地跑进果园，想尽办法，不使树刮倒，不使枝刮断。可是，有时狂暴的风仍然把新嫁接的果枝吹折了，他们急得想哭，却没有人泄气。就是这样，一次又一次，一年又一年，让野果林逐渐改变了模样。连那棵百年古树，有一年结果竟达半吨多。到1969年，已改良野果林400多公顷，嫁接种苗13万多株。二三十种苹果琳琅满目，诱人的清香弥漫整个改良场。1977年，苹果产量达八百吨，供应远近城乡，颇享盛名。

可是，苹果并不都是甜的。生活也一样，有苦，也有酸。下午，老朱把我们带到另一片果林里，我们无不露出惊诧的神色。这一片果林透出一种病态，树干皮裂，枝条上稀稀拉拉地挂着颜色不正的苹果。走近细看，树干上有刀斧的痕迹，牲畜的齿印。老朱指着对面的山坡说，那儿的树快被砍光了。他说完，眼神暗淡，语调中带着激愤。

“怎么会成这样呢？”我们焦急地问。老朱沉默了一会儿，忽然猛一挥手说：“我们要抢救野果林！我们呼吁社会：救救野果林！”

生活的道路上的风雨吹不熄人们的理想、希望和热情的火苗。老朱又兴奋地对我们谈起了他们目前采取的种种措施。他说领导上已经重用了不少专业人才，正在改革管理制度，分散到其他部门的果林队的人已陆续抽回，他们计划在几年之内，让冬果子的产量达到百分之八十。他笑着说：“我们还想把这儿建成旅游胜地，让更多的人看看我们的野果林！”

看着谈着，不知不觉已经走出了果林，我们一齐站住，回首望去，果林仿佛是从山头上泻下的碧波，在晚霞的余晖里蒙上了一层幽幽的轻纱，显得那样柔和美丽，整个山野散发着特异的香味。我禁不住吟唱道：

野果林，古老而又年轻，
棵棵古树又繁衍新的生命；
累累的果子熏香了我的诗，
熏香了我们的生活、我们的憧憬……

阿尔泰山绿宝石

文/佚 名

新疆又称“宝玉之乡”。新疆的和田羊脂白玉堪称玉石之最、玉石之精、玉石之冠，那么新疆的宝石之最又指哪一种呢？

新疆宝石品种极多，世界上新发现的名贵宝石品种在新疆基本上均有发现，但是新疆宝石之最、之精、之冠，在目前要称阿尔泰山的绿宝石了。

绿宝石是最名贵的宝石品种之一。关于绿宝石的种种故事在中国、在世界上都有流传。

大家都读过《杜十娘怒沉百宝箱》这部小说吧，杜十娘在船上最后扔到江里的就是绿宝石品种之一的猫儿眼、祖母绿。当她把价值连城的猫儿眼、祖母绿扔到江里后，立时云暗江心，波涛滚滚，气候大变，可见“老天爷”也很痛惜这些宝贝啊！

在世界上，南美洲的印第安人把绿宝石采出来运到祭坛上，去供奉他们最尊敬的女神，以保风调雨顺，生活幸福。时至今日他们仍保留着这种习俗。《绿宝石护身符》这部电影说的是土耳其军独眼龙为寻找和得到绿宝石，不惜进行大规模的屠杀和战斗，最后他自己命丧黄泉。

绿柱石是一种含稀有元素铍的矿物，它的矿物名称叫绿柱石，它的化学成分是偏硅酸铝铍。铍在地球上含量相当稀少，而能提取铍的矿物则更少了。因而铍被称为稀有金属，能提取铍的矿物则称为稀有矿物。目前发现含铍的矿物有50多种，但真正能提炼铍的则只有绿柱石。

物以稀为贵。绿柱石在世界上分布稀少，它具有色彩美丽鲜艳、清澈透明、光彩照人、坚实耐磨的特点，所以自古以来它就是最名贵的宝石品种之一。在我国的古代文献中大量记载着绿柱石类的宝石名称：猫睛、猫睛石、猫儿眼（具有不同的浓淡色彩，呈同心圆状或同心椭圆状，有的中间还呈现一道浅白光带，确像猫的眼睛）、金绿宝石、祖母绿、纯绿宝石、绿玉石等等。有的像海水那样蔚蓝，称海蓝宝石或蓝晶；有的呈黄绿色或金黄色，称金绿宝石或黄金绿宝石。这些宝石名称虽然不同，但都属绿柱石范畴，只是因含有一些不同的微量元素而显得颜色各异，含铬呈鲜绿色，含铯则显玫瑰色等。

绿柱石类宝石其价格相当昂贵，如祖母绿和猫眼石，人们一直把它们看成神秘的稀世珍品如无价之宝。国际市场上猫眼石价值相当高，祖母绿的价值远比金刚石的价值高，当然随着这种宝石越来越少其价值也会更高。

绿柱石世界稀有，但在新疆却是普通的矿物了，它是新疆矿产品中的特产，新疆有9种矿产列入全国之冠，而绿柱石是这9种矿产冠中之冠。在世界上铍的利用仅有7年多的历史，新疆开采绿柱石的历史有60多年了。新中国成立前，新疆的绿柱石矿开出后都被额尔齐斯河下游来的洋船运走了，再由他们运销世界各地。新中国成立后，在新疆对外贸易中的矿产品中，绿柱石一直占据着最重要的地位。目前，新疆阿尔泰山、昆仑山、天山都有发现，而且蕴藏量很大，已经采到的一个绿柱石单晶体重约60吨，这在世界上也是罕见的。当然新疆的绿柱石并不都是宝石级的，但一般绿柱石可提炼稀有金属铍，其中色艳、透明者都是精品。

游 吐峪沟

文/周 涛

吐鲁番有个吐峪沟，人问："去过没有？"迟疑沉吟道："好像去过。"其实没去过，因为常看到画家画吐峪沟的作品，看多了，以为去过。于是反问道："吐峪沟有什么特别值得看的？"人答："佛教文明与伊斯兰文明交汇的典型。"

听了不以为然，一个旅游景区搞那么大一顶帽子干什么？

结果还是去了。

车入两山之间，行数十千米，两旁山皆土红色，如火焰燃过，望之犹有余温，似砖窑废垒，炭火灰烬，寸草不生，独木不存。

忽然转过，一谷横陈眼底，竟闪出一派浓绿，泥墙小院，高低错落，街巷庭院，颇具规模。百年桑榆犹伸枝臂，千亩葡萄正掩碧珠。仿佛花果山，依稀水帘洞。几百户人家，组成乡镇；数千名游客，人来人往。不远处，几座坟茔高大宏伟，立在坡上，令人想到彼世界对此世界的俯视和提醒。

走进吐峪沟就是走进千年以前，此间无物不古，惟人是新。古树、院落、泥墙、木门、雕花的门窗和床架，土坯砌成的临河的院栏，都使人错乱古今，以为一盏油灯是阿拉丁神灯，仿佛一块花毯是阿拉伯飞毯，恍恍惚惚走进《一千零一夜》的故事。

可以肯定，千年以来吐峪沟的居民就是这么过的，纳凉，饮清泉，吃自家种的葡萄，养几只羊，种几亩地，住在这古朴但相当舒适的土木建筑里，演出些悲欢聚散的爱情故事，本质上也与京都无异。人说："吐峪沟如此这般已经过了至少有3000年了。"过去因为交通不便，阻隔出这么一方古风犹存的绿谷遗民。

历史文化的活化石。

于是便想到，世界往往呈现为多极并存状态。如此干旱之地，竟然产生出如此晶莹甘甜的葡萄；如此贫瘠多碱的荒地，竟然产生出如同高科技产品般纹路细密优雅、巨型炮弹一样完美的脆甜哈密瓜。世界是荒诞的，自相矛盾的，因而这世界是活的、奇妙的、充满希望的。

于是便问人："除了你那个伊斯兰文明和佛教文明之类的大帽子，还有没有更简单的办法介绍吐峪沟？"

人答不出来。

告曰：有两个字，"古怪"。3000年一成不变保留至今，还不算古吗？两边火焰山烧过似的火热之地，忽出此一谷世外葡萄园，，还不怪吗？所以吐峪沟这个地方，一古二怪。

古怪的地方还不值得看吗？但是别忘了，最早发现这古怪的，是画家们，其中有一位叫黄建新。他的父亲是解放和田的大名鼎鼎的地委书记黄诚，但是他没有继承父志，当了画家。

SHENZHONG 神钟山记 SHANJI

文/郁笛

从可可托海三号矿坑出发，沿额尔齐斯河上行 18 千米，有一块巨石“铸成”的神钟。

在这条名曰大东沟的峡谷里，在阿米尔萨拉桥南侧，一块巨型的花岗岩石冲天而起，如一口巨大的石钟扣在河岸上，挡住了一条峡谷里的风景，也改变了一条河流的走向。

这便是我要说的神钟山。说它是一口巨钟，因为它高达 200 多米，拔地而起，可谓气冲霄汉。如果拿到钟类博览会上，我敢说，这口巨钟是无可匹敌的世界第一了。也可以说它是一块巨大的石头，因为它通体光洁，自成一体，在它巨大的“山体”上攀爬，你找不到可以落脚的第二块石头了。在它的身边，挺拔而伟岸的山石，都失去了自己的光泽。而我说它是一座山，因为，这是一座神话般迷人而令人倾倒的英俊的山峰，峻拔、挺立、孤傲、雄奇。

摄影：吴凤翔

面对这如此巨大的山石，我竟一时无语。因为我无论翻越了怎样的山冈，在怎样的谷底间，我的取景框里都无法以最理想的方式将它留下来。一条游走的河流，会有自己的记忆；一座静止的山，仿佛也应该拥有自己的传说。关于神钟山，我听到了不同版本的传说。但不管怎样的讲述，我以为，总是加入了讲述者自己的演绎和传奇，因而，我在下面所要讲述的关于神钟山的传说，肯定只是这众多传说中所讲述的一种。

我更倾心于这个传说。有一位蒙古王爷的儿子名叫洪太吉，他爱上了一位漂亮的姑娘萨拉。而姑娘却已有了心爱的人，那便是洪太吉的好朋友——一位年轻的军官阿米尔。为了一个心爱的姑娘，两个好朋友反目为仇。为了神圣的爱情，阿米尔和萨拉偷偷地带上一队人马私奔了。他们跋山涉水，历经艰险来到了钟山脚下，仿佛是得到了神灵的暗谕。如此险要的一处巨山，既可以隐蔽自己，又可以用来拒敌。阿米尔便率领众人绕山爬行。不知历经了多少时日，他们终于爬到了山顶。从此，他们在这块美丽的石头上安营扎寨。

洪太吉在得知自己心爱的人与自己的朋友

私奔并且还带走了一队人马之后，不免心生妒恨，立誓要找到他们藏身的地点，夺回自己心爱的女人。终于有一天，派出去寻找的人回来报告，说在钟山上发现了阿米尔和萨拉以及他们的人马。洪太吉很快集合起自己的队伍，浩浩荡荡地来到钟山对面的一座山上，安下营来。这座山，便是后来人们称之为洪太吉山的那座山。就这样隔山相望，洪太吉等待了一天又一天。洪太吉希望有朝一日，自己的耐心和等待能够感动自己心爱的那个女人，重新回到自己的身边来。可是，不知道多少天过去了，连萨拉的影子也没有见着。这让洪太吉又气又恼，陷入了深深的失望和愤怒的火焰之中。

终于有一天，萨拉出现了。只见萨拉坐在钟山顶上的一块石头上，背对着身后的额尔齐斯河，面对着对面的那座山冈，用她纤细的手指蘸着雨水，轻轻地梳理着自己秀丽的长发。她是在用一种无声的语言，告诉那个痴情的小伙子洪太吉，她已经找到了自己的幸福，希望洪太吉能够把心早一点收回去，也希望洪太吉赶快收兵，回到自己的军营里去建功立业，早日找到自己的幸福和爱情。

看到这样的情景，妒火中烧的洪太吉再也无法承受了，愤怒和绝望使他失去了理智。洪太吉对着萨拉的背影，射出了一支仇恨的箭。正在梳理中的萨拉应声倒地，从高高的钟山顶上，像一片树叶一样轻轻地飘落下来。目睹此情此景的阿米尔悲恸欲绝。他想不到在这样的时刻，只能眼睁睁地看着自己心爱的人儿坠崖而去，自己竟然无能为力。就在萨拉坠崖而去的那一刻，阿米尔也纵身一跃，和他心爱的人儿一同双双落在了额尔齐斯河中间的一块巨石上。这段凄楚的爱情神话就这样结束了。

果不其然，那天在午后的阳光下，我们在额尔齐斯河中间的那块巨大石头的凹陷处，看到了那些血红色的水，在阳光下晶莹发亮。被忠贞爱情所感动，一块坚硬的石头也充满了柔情。

据说，在钟山的后面，有一条险绝的小径可以攀到山顶。可是许多年来，没有人知道那条小径就是上山的路。几年前，有一位大胆的牧民，在风和日丽的一天，沿着这条小径冒险攀上了山顶，发现了山顶上尚存的一口巨大的旧铁锅和一把断为两截的剑。如果这个“据说”能够成为事实的话，钟山上的铁锅和断剑可以为证，钟山不朽的传说当会感天动地。

我走在一座传说中的阿米尔－萨拉铁索木桥上，回望着钟山顶上的那一棵树，阳光下摇动着绿色的树冠，凄凉而又动人。多么高的一棵树啊，你站在一块神话般的石头上，你孤独吗？在一些雨雪交加的日子里，你的树籽会被一只远行至此的鸟儿带走，带向你无从知晓的另一个远方。有人说钟山顶上的那棵树，就是那个美女萨拉的化身。你看她婀娜的身姿在迎风招展，她的秀发粉饰着一树的绿意，一段美丽而令人伤感的爱情神话。那是一个青春美少女的身影吗？一棵树的孤独成长，一块巨大的石头挺立成一座山，一座千年石钟的守候，终于使这条深山里的峡谷闻名遐迩了。

神钟山依偎着一条美丽的河流，也把守着这条河流神秘的源头。沿神钟山再往山里走，已经没有了汽车可以通行的路，那里面有四季的温泉和更为迷人的山野风光。许多探险者徒步进山，去猎获另外一个季节的风景去了。我因为行程的安排，没有更多的时间进得山去，只能在神钟山处望山兴叹。

就此打住，此乃神钟山记。

伊犁秋色

文 / 高炯浩

30多年前，我读过诗人袁鹰写的《伊犁秋色》的散文。袁鹰当时是《人民日报》的副刊编辑。他以京城人独具的审美目光，撷取了边城伊宁秋天的景色，让人浏览了这座塞外小城特有的秋韵，读来脍炙人口，余味无穷，如一颗美的种子播进了心田。

秋凉似水的季节，我来到了伊犁。面对伊犁油画般的景色，我终于理解了诗人袁鹰为什么要取这个题目著文了。

诗人浓墨重彩地描绘了人称“塞外江南”的幽静小城的风貌，为了不使素材撞车，我决定去农场和村庄走一走。

绿色的吉普车行驶在通向著名的霍尔果斯口岸的大道上，就像一条鱼在彩色的海洋里嬉戏。排排防风林直通远天，仿佛谁用桔黄的大笔给涂抹了一般，溢金流辉。桃叶又是一片丹红，红得令人心疼。“停车坐爱枫林晚，霜叶红于二月花”。这景色不由得让人停下车子，醉心地驻足观赏，流连忘返。

我眼前的景色是色彩的天然组合，是油画家马奈狂想的泼墨。你看那白杨树，犹如金色蜡烛，静静地燃烧着；那桃叶，便是情窦初开的少女夹在诗丛里的书签了。我想撷一片叶片，但又仿佛害怕碰伤了谁的流血的伤口。我痴痴地欣赏着，终于决心摘下一片，寄给远方的朋友。

沿途村落摆放着一筐筐苹果，青的晶莹剔透，黄的如同蜡果。伊犁苹果是出了名的。“什么亚克西？什么亚克西？伊犁的苹果亚克西。”这是西部歌王王洛宾先生那首著名歌曲《亚克西》的唱词，也是我当年进疆、车到哈密时听到的第一首新疆民歌。这首歌是写新疆的，歌词的背景在伊犁，你听：“伊犁河水翻波浪，两岸的人民喜洋洋……”既然歌曲中把伊犁苹果说成“新疆亚克西”中的很重要的“亚克西”，不带回一筐岂非要抱憾许久？

吉普车继续前行，同车的女记者高兴地告诉我，车子已进入可克达拉。唔，可克达拉，多么熟悉的地名啊，被联合国教科文组织命名为“东

◎摄影：向京

方小夜曲”的《草原之夜》便诞生在这里（可克达拉为蒙古语，意为“绿色的原野”）。20世纪50年代末，一支青年垦荒者队伍开进了这片广袤而又荒凉的沃土。他们以身作盾，化剑铸犁，在这片古老的处女地上播下了第一批金色种子，也播下了纯真的爱情。当时的电影导演、词作家张加毅和作曲家田歌也正值青春年少，他们为拍摄电影来到了这片正在开垦的处女地，在马灯下、篝火旁写下了这首婉转悠扬、经久不衰的歌曲：“美丽的夜色多沉静／草原上只留下我的琴声／想给远方的姑娘写封信／可是没有邮递员来传情……”近半个世纪过去了，“可克达拉改变了模样”，早已进入她的收获季节。当年青年垦荒队的小伙子和姑娘们都在这里收获了爱情，可克达拉草原更是进入了成熟的季节，丰收的季节。

我伫立在“绿色的原野”上，让遐思的骏马在岁月的原野上任意驰骋，那动听的旋律轻轻地敲击着心胸中的琴弦。季节正是金秋，“绿色的原野”眼下到处是一片橘黄和胭红，但是可以想象出它的绿波荡漾、一片葱茏葳蕤的夏日景色。啤酒花架还在田野上支架着，玉米秆虽然凋零了，但还一丛丛地没有收割。

唔，田野里农人们正在收获红薯，我们弃车近前观看。这里的红薯颜色紫红，有些像山东被称为“大红袍”的那种。听说，伊犁的红薯十分好吃，面得如同栗子，甜得似同香蕉。我信，你看那皮，光光滑滑的，绝无筋筋疤疤。又听说，这里原本没有红薯。1956年河南支边青年来到了这里，吃不到红薯便想家。他们不甘心，便在探家时带来红薯试种，想不到竟然成功了！当年的支边青年已经走向老年，他们和他们移植的红薯一样，已经适应了这片沃土，他们的子女基本上都出生在这里。伊犁，名副其实地成为他们第二个故乡了。

窗外突然闪出一片胭红的亮色，是高粱。唔，在我的家乡，一到夏天，便是无边无际的青纱帐，那便是高粱。想不到在这塞外异乡，又碰上了它。我飞步扑向它，像扑进外祖母的怀抱。

天，蓝蓝的，蓝得像擦拭过的翡翠，仿佛抛去一块石头就能砸碎似的。蓝蓝的天穹下是一片火红的高粱地。高粱地的尽头，便是白雪冠顶的远山。红、白、蓝三色层次分明，天地间像是悬挂着一幅立体的油画。

见我一脸痴迷陶醉的样子，有人凑上前来问：你喜欢我们伊犁吗？我默默地点了点头。是的，我爱伊犁的秋天，更爱伊犁的山山水水，它是祖国雄鸡版图鸡尾的一颗明珠啊！

◎摄影：向京

◎摄影：向京

绝色那拉提 JUESE NALATI

文 / 姜付炬

画册上的那拉提，影碟里的那拉提，还有电视上的那拉提，美轮美奂，美不胜收。但是，美则美矣，也不过是画上的美女，镜中的鲜花。透过别人眼睛的选择，通过相机镜头的剪裁，你很难尽收那拉提的壮阔和秀丽，感受不到白云眷恋冰峰的灵动，阅读不到草尖上晨露对月光的回忆，闻不到草原炊烟合着青嫩草香的味道，触摸不到宝蓝色的巩乃斯河水彻骨的冷艳，当然更不可能手把木雕碗品尝马奶酒，横执单刃刀大嚼手抓肉，策鞭伊犁马驰骋绿草茵了。只有走进，才能在心头铭刻那拉提的绝色；只有亲历，才能发现哈萨克草原文化的厚重。

曾经那拉提

姹紫嫣红，五月红花再现草原；胡杨、花楸、赤桦的树冠鹅黄斑斓，金色梦幻洒向人间。夏牧场的畜群已经下到河谷秋场，雪白的毡房点缀着五彩锦缎，羊咩牛哞马嘶人歌如天籁，和着缤纷炫目的天外色彩。

这就是那拉提秋色，是我心藏的第一幅有声有色有味的那拉提画卷。

那拉提的景色纯净美艳，那拉提的居民淳朴古典。走遍草原，无论是毡房、小木屋、矮土房，还是一顶简单的帐篷，都是你的家，都有你的亲人。作为陌生的异族人，你会被彬彬有礼地迎进门，殷勤有加地让上座，为你敬上香奶茶。如果时已黄昏，必须请客人留宿，这是草原上的千年习俗。转天清晨待你用过早茶，你的马饮过河水，喂过草料，备过鞍鞯，扶你上马，“嚯唏”（再见）一别，可能人各天涯，再也无缘相见。

那拉提人礼敬好客，大度宽容，从不排外的民俗民风，在 20 世纪六七十年代，曾经吸引容纳了大批各族各色的“盲流”。在那些逃荒避难、向往自由的人们心目中，遥远的那拉提是阳光的福洞天，是现实的桃花源。

摄影：段离

阳光那拉提

很久以后，我才知道那拉提的蒙语原意是“有阳光的地方”，难怪在命运的阴霾下，人们一心向往那拉提这个阳光家园。

1971 年夏，我们一家下放那拉提基建队劳动改造。下放的无奈令人沮丧，但能够下放桃花源，又是不幸中的大幸。流放的生活虽十分艰难，可是推开柴门，青山扑面，秀色可餐；

繁重的劳动虽十倍艰辛，可是远离尘世，心无压力，返璞归真。飘进窗棂的白云抚慰我的疲惫，激溅卵石的雪水镇痛我的创伤。从夏天到夏天的对头一年中，我走过那拉提的四季，收藏到全天候全方位的绝伦倩影。

那拉提是避暑胜地，她的夏季之美早已声名远播，文人墨客的盛赞也多是六七八月的绿色草原。我却独爱那拉提一袭白衣的冬天，风搅狂雪、天地一色，山河皆白、路断人稀，绝色隐藏在冷峻幕后，婉拒庸人的轻薄；高雅独步于雪径冰河，远离尘世的纷扰。冬天的阳光弥足珍贵，阳光下的雪山更明亮，冰雪下的草原更辽阔，阳光关照下的翻飞吹雪泛着闪闪银光。银色雪夜，皓月当空，天色黛蓝，月色的雪原反射着雪色的月光，四野如同阳光白昼一样。巩乃斯河面上升腾的白雾追随激流飘向西方，阵风吹动岸边的雪粒沙沙作响。我身着泳裤赤身无束，走出暖屋冲进雪海，在雪地上翻腾打滚，大呼小叫，在如沙如盐的新雪中沐浴那拉提的冷艳，在如痴如狂的拥抱中体验那拉提的绝美。

如今那拉提已经建设成为国家 AAA 级风景区，旅游业成为那拉提的阳光产业，为旅游产业服务的那拉提机场正在兴建，遥远的那拉提已经不再遥远。那拉提冬季旅游项目也在筹备当中，我曾经独享过的冰清雪洁的那拉提，即将成旅行者们心目中的大众情人。

天堂那拉提

那拉提风景区由高山草原观光区、哈萨克民俗风情区和旅游生活区组成。现在向一般旅游者开放的那拉提美景只是巩乃斯河南岸的一小部分，大部分依然是藏在深闺人不识。

那拉提还有一处深藏不露的绝色，坐落在现在景区的头顶之上，人称天上草原。出那拉提镇南行，过巩乃斯河大桥，穿胡杨林沿牧道进入南山，盘旋达坂而上，攀至山巅，然后缓坡而下，展现在你面前的是又一层草原又一层天。这里是那拉提辽阔的夏牧场。卡普河流经山谷中间，繁茂的牧草没过马鞍，绿茸茸的山坡上毡房点点。躺在如簧如绵的绿草茵上，漫观闲云时隐时现忽舒忽卷，你的心境会像这里的空气一样明透辽远、纤尘不染；背靠冰川溪水和苍茫森林，面向海蓝青天和碧绿草原，你的灵魂会惊喜地告诉你：天堂并不遥远，天堂就在身边。

摄影：向京

那拉提之美实难描绘，因为在大美、绝美面前任何形容词都显得苍白无力，任何比赋都可能有些跑调离题。什么“塞外江南’，什么“瑞士风光”，都早已成为陈辞。国色天香的那拉提根本无须借用别人的名牌和盛装，那拉提自有她素面朝天的超凡美丽，风情万种的独特魅力。伊犁汇聚了新疆的灵秀和壮美，那拉提以她的绝色完全有资格代表伊犁。要亲验新疆之美，那拉提一游足矣！

禾木之韵

文 / 王春华

有人说，禾木是神的一块自留地。禾木之美，只能用心灵去体味。

我的禾木之约始自一次“十·一”大假。要去阿勒泰旅游之前，一位老师对我说，一定要去禾木。“禾木”对我是完全陌生的，我脑中出现的是“霍姆”两个字。我就带着“霍姆”去了阿勒泰。一到就给那里的朋友说，我要去“霍姆”。朋友面露难色，路正在修，不好走。无奈，我带着遗憾结束了阿勒泰之旅。

2005年3月，报社驻阿勒泰记者站记者王安圻传来一篇稿子，我才弄明白原来是“禾木”。我随着他的文章初步领略了禾木之美，然后在心里告诉自己，一定要去禾木。

2006年5月，我应邀去阿勒泰讲课，我再一次把心愿说了出来。没有人肯定地回答我能不能去。路还是没修好。

5月15日，当我和记者王安圻、布尔津县委宣传部副部长迟正安、《伊犁日报》驻阿勒泰记

摄影：康剑

者站站长刘新海一起往喀纳斯方向走时，我还是不知道我能不能见到禾木。

那天，布尔津下着大雨。雨滴“啪啪”地落在车窗上，也敲打着我的心，密密的乌云笼罩着天地，只有车内人的说笑时而驱散着我心中的乌云。

没有想到，走着走着，我们的车渐渐逃离了乌云的包围，我抬头望去，欣喜地看见了天空透出的蓝色。

车驶入去往喀纳斯的山道，千回百转。雪还未化净，一坨一坨点缀在茵茵草地上，和满地黄花一起构成一幅喀纳斯的春色。再往高处望，松树和皑皑白雪，又是另外一个季节的景象。

最奇的是喀纳斯春季的雾，总爱在山间缭绕。我下车在山道上跑，淡淡的雾围绕着我。人在雾中行，心在画中游。空气清冽得好似要洗透人的五脏六腑。

我感受着喀纳斯的春，心里却还在想着禾木。当车在距离喀纳斯约40千米处驶入一个反方向的岔道时，我才确认我这次是真的要见到禾木了。

路还在修，不时看到修路的工人。车驶过时，他们侧身让一让，然后又回到原来的位置，好在车很稀少。

山道旁、山涧下全是树，是白桦、松树和杨树的天下，一棵棵笔直笔直，那些次生的小白桦就好像是精确种下的一样整齐，兴致勃勃地直往上蹿。

车驶入一片开阔地，那里有一大片黑土裸露，是牧人的菜地。菜地一过，我听到有人说，到了。

我在努力回忆着，出现在我眼前的是一个什么样的景象。

是画，一幅静静的画。我的脑子突然间停顿下来，一切都停止了，都安静了。近前的木屋，远处的山峦，带着雨滴的草地，偶尔走过的牧人的坐骑，零星落下的雨滴和天空中一道淡淡的彩虹……我已分辨不出自己的存在，我已经化在了自然的怀抱里。

“禾木，禾木，禾木……”我能想的只有这两个字了。

我随大家一起走进了一个机关大院。听了乡党委书记李春光的介绍，我才弄明白，这是布尔津县的一个乡，全称为“禾木喀纳斯蒙古族乡”。这个乡有两个村，一个是喀纳斯村，已经为我们所熟知，另一个是禾木村，因为山路崎岖，少有人来，因此叫神的自留地。

李春光说，禾木的确是一片净土，在这里生活的人都很少得病。他已在禾木当了几年书记，连感冒都没得过。当地有个牧民还说，身上被捅一刀子，不用管它，自己慢慢就会好。但李春光

摄影：昆泉

摄影：昆泉

摄影：昆泉

告诉我，因为潮湿，风湿性关节炎是牧民的难缠的病。

我的思路猛然一转，游人只去看它的美景，大多都无暇了解当地人的生存状态。住在禾木的人最大的困难是与外界的沟通。漫长的冬季，大雪一封山，人再想出来可就难了。禾木就像一座雪中的孤岛，一切都必须安顿下。出入完全靠马拉爬犁，一个来回需要六七天，不是特别的需要，没有人愿意进出。

但外面的精彩世界的风一阵地刮进禾木，喀纳斯村的人因为旅游出租房屋富起来了，禾木村人也在千方百计地争取多盖房子。他们预感到随着路的修通，商旅之风很快也会吹到这里。禾木的小木屋在这几年间增加了不少。走在

摄影：昆泉

雨后黑土泥泞的村庄里，新修的散发着松木香的木屋和经历岁月沧桑已呈暗灰色的旧屋错落地排列着。同行的人说，禾木村的古朴因为木屋的增加已经淡了一些。

5月的禾木之夜好冷好冷。当夜幕刚刚降临的时候，禾木的一切也就停止了，没有事做的人们早早就睡了。我也钻进了被窝，等着第二天早起去爬山。

第二天一早6时，我被刘新海叫醒，离开了温暖的被窝，把自己投入清冽的空气中。

走过村庄，再过一座桥，我们爬上了村庄对面的一座山。站定之后，向下望去，整个禾木村尽收眼底，一个山坳里的村庄。与自然最接近的人类的居所——小木屋，在山坳里错落有致地排列着。村庄已升起袅袅炊烟，村庄旁是养育着禾木人的禾木河，它向西“哗哗”地流去，汇入布尔津河，最终汇入额尔齐斯河。听着涛声轰响的河水，我的思绪也被带向了远方，禾木的明天会是个什么样子?

回去的路上，村庄早醒了，做奶酒的人家早早就开始准备了，女主人在院中刷牙洗脸，几只牛犊欢快地在主人家的栅栏里蹦着、跳着……

"生命之泉"——坎儿井 KANERJING

文/佚 名

吐鲁番这地方风沙多，雨水少，气温高，火焰山更是可以把"铜脑袋、铁身躯化成汁"。如果我们在骄阳似火、酷热难当的时候来到这亲自体会一下，准会相信此言不虚。但是一旦来到葡萄沟那绿阴匝地、果实成串的葡萄架下，顿感凉风扑面，在炎热中疲惫的慵倦悄然而失。我们在清澈晶莹、飞溅着雪白浪花的渠水旁洗过手之后，摘一串碧如翠玉、黄似玛瑙的"马奶子"或"无核白"葡萄细细品尝，甘甜爽口，仿佛进入一种超凡脱俗的人间仙境。

在这块旱魃肆虐的大地上，是什么孕育了滴翠的葡萄甘甜的瓜？它就是被称为中国古代三大工程之一的坎儿井。

坎儿井，古称"井渠"，主要分布在吐鲁番盆地、哈密和木垒地区，尤以吐鲁番最多。"坎儿"意即"井穴"，是一种特殊的灌溉系统，由暗渠、明渠、竖井和涝坝4部分组成。其建造法是在高山雪水潜流处，寻到水源，每隔20~30米打一眼竖井，将地下水汇聚，以增大水势，再依地势高下，在井底凿通暗渠引水下流，一直引接到遥远的绿洲，始将水由明渠引出地面，用以灌溉。涝坝则是一个调节水量的蓄水池。一条坎儿井，一般长约3千米，长者可达20~30千米，其间的竖井少则几十口，多则三百余口，上游的竖井较深，个别的可达100米上下，下游的较浅，一般仅数米至10米。

据我国近代著名学者王国维考证，"卡尔井（坎儿井）者，乃穿井若干于地下相通以引水，此中国旧法也。"早在汉武帝时为了引洛河水来治理大片盐碱地，曾征发兵士一万多人，从今天的陕西澄城挖渠到大荔县，由于沿途土质疏松，渠岸常常崩塌。后来改进方法，每隔一段距离打一口井，深的可达130多米，井下相通以引水。这种设施称为井渠，大荔县的这条井渠在汉代叫龙首渠。后来，这渠很快传到甘肃敦煌和新疆白龙堆地区。井渠传入新疆之后，又很快在军队屯垦的哈密、吐鲁番等地推广，成为发展农业生产的重要水利设施。一说清末林则徐被贬新疆后，经吐鲁番，见当地炎热少雨，乃细查地势水源，发明这种凿井灌田法。又有人认为是新疆人民根据自己所处的自然地理特点，靠聪明才智和辛勤劳动一代一代创造出来的。

一道坎儿井就是一眼不枯的清泉，道道坎儿井，构成了火洲的生命线和命脉，它的总长度加起来比万里长城还要长一倍，也远远超过了京杭大运河。这条地下万里长城，是吐鲁番万绿的根源，是中华民族创造的一大奇迹。今天的坎儿井，不仅是重要的水利设施，也是中外游客乐于观赏的一大人文景观。

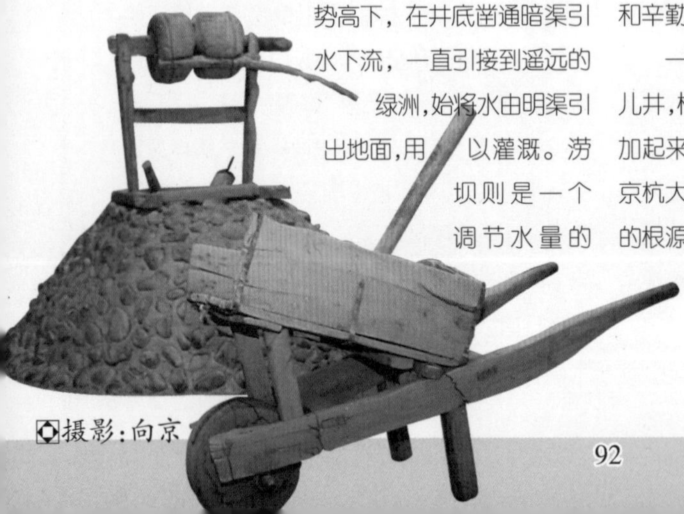

摄影：向京

喀什河谷次生林

KASHIHEGU CISHENLIN

文/赵 林

喀什河像一条缠绕在尼勒克县境东西的一条轻纱般的飘带，郁郁葱葱的河谷次生林就是镶缀在飘带上的绿色明珠。

苍葱翠绿的次生林，绵绵数里。盛夏的一天，我有幸步入这绿色海洋的一隅，使我透过它那美丽的外表，领略了它那无限宝贵的内涵。

这天晴空万里，骄阳似火，我随一个林业检查组来到地处喀什河南岸次生林边缘的克伦次生林改造林场。林场主任在绿色浓阴下用香喷喷的奶茶招待了我们，然后派一名向导陪同我们进入林中。啊！这又是一番天地。绿阴如盖，石径曲折。我们跨过一座座小桥流水，穿过密布丛生的沙枣红柳，愈是深处，愈是草茂林密。林中小溪，流水潺潺；溪岸有泉，泉水丁冬。溪水清澈见底，卵石游鱼历历在目。林中蜂鸣蝶舞，各种色彩的鸟雀千鸣百啭，从远远近近传来，悠然入耳。草丛中野花盛开，习习凉风中挟带花香阵阵袭来，沁人肺腑。如果不是从密叶杨的叶缝中投射下几点灿灿阳光，我差一点误认为这里重返三月阳春了。

这是一个真正的森林公园，任何人工雕琢的名园佳苑都不会有它所独有的天然之美。

在一个小小的林中空地上，我们在绿茵上席地而坐。我们的向导是一个二十多岁的大个年轻人，他告诉我们："次生林原有 1.3 万公顷，它与北边的天山森林遥遥相对，使美丽的尼勒克山谷锦上添花。它的好处还不限于它的姿色，它还起调节气候，净化空气，保持水土的作用，是一个巨大的气候调节器。可是它却被乱砍乱伐，受到了严重破坏。现在我们逐步加强了护林工作，配备了十多名专业护林员，附近村庄还有几十名群众护林员。我们通过大量工作，认真执行护林法规，最近已基本上杜绝了对次生林的破坏。"

我们的向导建议我们去看看正在恢复原貌的次生林。我们跟着他在林中小径穿行，时时有浅溪拦路，我们便从露出溪水的卵石上踏跳过去。他边走边谈："这是多层次的森林，上层有密叶杨、河柳、白腊和少量白桦，中层有沙枣、山楂、红柳、黄柏，下层有党参、玉竹、手掌参、甘草、冬花等药材混生于千草百花之中。据统计共有百多种植物呢！从春到秋百花依次盛开不断。"走着说着，喀什河"隆隆"的水声越来越大，渐渐能看到河床中闪光的浪花了。忽然一阵风似的，从我们的右侧疾奔出一群动物，将我们惊得顿时止步，我们的向导哈哈笑起来，连声说："看把你们吓的！这是黄羊，还有马鹿、野猪和很多野兔！"他话声未落，这群黄羊排成一行，迅速游过激流滚滚的主河道，然后潜入对岸的幼林不见了。嗨！想不到黄羊还是游泳的好手呢！

对岸就是遭劫后正在恢复的幼林，一眼望不到边。那些正茁壮生长的五六米高的小树，在微风中摇曳，呈现出一派勃勃生机。据说，目前正在恢复生机的次生林有好几万公顷呢！令人感到喀什河次生林确实在焕发青春。可惜眼前的喀什河水宽流急，使我们不能过去仔细察看。

在回程的路上，向导向我们讲着次生林中的各种趣事："去年有一位从克拉玛依来的朋友，一定要看看我们的次生林，因为我们忙，没有人陪他去，他要一个人去。我们一再向他交待，不要走得太远，要记好回路，千万不要迷路。他说，哎呀！天山森林我一个人就进去过了，别说你们这小小的次生林了。于是他自己进去了。

结果，一直到星月满天时还未见他回来。我们急了，除了全体出动，又到附近村庄请来十几名哈萨克族群众骑马帮助寻找，一直到半夜才找到他。这位朋友虽冻饿惊吓至极，但还连声赞叹：这林子确实很美。

正是因为美，每当周末和休假日，便有成群结队的青年男女，骑车从3千米外的县城来此度过愉快的假日。他们在河边垂钓，或在林阴下盘膝对弈，或找个安静所在沉浸在书籍中，或拉起手风琴，在牵动人心的旋律中翩翩起舞。于是，沉寂的林子便充满了青春的活力和欢乐。到了冬天，整个次生林成了玉树银花的世界。那时，可以编扎一些铁丝活套，黄昏时分下在野兔经常出没的地方，第二天早上去取野兔。有一次我就掂回来十几只呢！如果你们冬天来，我一定请你们尝尝林中野味。嘿！那才真香呢！"

年轻的向导真挚而活泼，边说边比划，说得有声有色，我们一行人也听得津津有味，分享着林场工人的喜悦和幸福。

我们依依不舍地告别了清幽别致的次生林和那些付出辛勤劳动使次生林变得更美的林场工人。归程汽车行驶在山边的土路上，河谷中的一汪绿色尽收眼底。这些次生林是祖国锦绣河山的一部分，我们应该保护它、发展它，让它更好地为人民、为子孙万代造福。我赞美喀什河谷的次生林，更赞美使次生林变得更美丽的人们。

摄影：小雨

摄影：吴凤翔

伊犁胜境果子沟

YILI SHENGJING GUOZIGOU

文/史 文

"山重水复疑无路，柳暗花明又一村"。

每当我骑马或步行在果子沟里的时候，就自然而然地产生这样的感觉。陌生人第一次来到这里，即使坐在汽车里，也会不时产生"山重水复"的疑虑。

看那笔立险峻的峰岩，曲绕迴旋，明明已到了绝境，却又豁然开朗，松涛涌去，雪浪扑怀，又是一番天地。

那耸入云际、峥嵘险怪的石峰上有个"丰仙洞"，曾经是张丰仙炼成仙的地方。洞外经常云雾缭绕，若隐若现，颇有仙气，被道士张丰仙视为东海蓬莱。他沿着岩旁的土山攀上石洞，苦苦修炼。忽一日，洞口外面紫云缭绕，久久不散。张丰仙立即省悟：这是自己正果已成，玉皇大帝派来五彩祥云迎接自己去那33天之外的"极乐世界"。于是他欣喜若狂，向着洞外的云雾扑去。可怜他凡胎未脱，六根未净，从那半天云里蹿在岩峰脚下的乱石堆上，真的魂归西天了。

这个故事虽然荒诞不经，但若要清心寡欲，疗养避暑，那么，果子沟的确是最理想的胜地佳境。

这儿的风光太壮美，这儿的空气太清新了！

果子沟有很多很多的传说。其中一个是说，元太祖成吉思汗西征时，果子沟是一座万仞高山，巍岩耸立，无路可通，百万大军屯驻于要塞“西湖”（乌苏），裹足不能前进。成吉思汗焦虑得食寝不安，万般无奈，就宰牲设祭，祷告苍天。这天夜里，忽然狂风四起，雷电大作，闪电照彻了西部天空，雷声震得山崩地裂。在“净海”“瑶池”的三台海子（赛里木湖）南面的高山顶上，似有无数巨龙吞云吐雾，开山劈石。第二天清晨又有8只大雁盘旋在兵营上空，久久鸣叫，时而西去，旋又返回。成吉思汗忽然省悟，举剑高呼道“此乃天助吾也！”于是集合大军随着那8只大雁向西挺进。队伍绕过了三台海子，走上松树头山顶一看，脚下果然神奇地出现了一条深沟大涧。那8只大雁一直引导着大队人马，自北而南穿出沟口，驻扎在阿力麻里，而大雁自己却栖落在伊犁河畔的一片苇湖里。后来便把那块地方叫做“八雁带”——就是伊宁市北边的巴彦岱。

其实，果子沟这条险峻深邃的山沟，早在7000万年前就已存在了。远古时候，整个准噶尔盆地都是海洋，伊犁盆地更是海洋最深的海底，后来由于地壳变动，沧海变为桑田，海洋又成了陆地。果子沟岩石上的古生物化石就是佐证，那被人争相采来做盆景和公园假山的“水锈石”，就是古代海底珊瑚礁的化石。果子沟是古老的，它那古老的传说，它那“山重水复”的自然风貌，都在证明着它的古老和它的缓慢的节奏。

然而，它确实是壮美而富有的，它是一座蕴藏丰富的宝库。且不说尚未勘探的地下宝藏，就以肉眼所见的地面来说，它是一座天然的大水库。那巍峨逶迤的天山雪峰，终年不化，山间到处流淌着甜美的清泉。它是一座森林宝库，雪杉、白桦、青桐、胡杨、白杨，世界上不少高寒地带珍贵的树种，这里都有它们的家族。它又是一座中药材的宝库，贝母、甘草、雪莲、鹿角、鹿茸、蛇脱、蛇胆、四爪旱龟……闻名远近。这里还有着珍稀动物的丰富资源和丰沃美丽的高山牧场，放牧着无数羊群。

果子沟过去是丝路北道的咽喉，在东西交通上发挥过重要作用，未来将在旅游方面发挥作用，成为人们的旅游胜地。果子沟与它北面的赛里木湖相结合，有山有水，美景天成，幽深博大，不假斧凿就是一处壮丽的自然公园，它处罕有其匹。只要兴建一些食宿、交通设施，就可以其天然姿容笑迎五洲四海的宾客。

大戈壁·火焰山·葡萄沟

文／汪曾祺

从乌鲁木齐到吐鲁番，要经过一片很大的戈壁滩。这是典型的大戈壁，寸草不生，没有任何生物。我经过别处的戈壁，总还有点芨芨草、梭梭、红柳，偶尔有一两棵曼陀罗开着白花，有几只像黑漆涂出来的乌鸦。这里什么都没有，没有飞鸟的影子，没有虫声，连苔藓的痕迹都没有。就是一片大平地，平极了。地面都是砾石，都差不多大，好像是筛选过的，有黑的，有白的，铺得很均匀，远看像铺了一地炉灰渣子，一望无际。真是荒凉。太古洪荒。真像是到了一个什么别的星球上。

我们的汽车以每小时 80 千米的速度在平坦的柏油路上奔驰，我觉得汽车像一只快艇飞驶在海上。

戈壁上时常见到幻影，远看一片湖泊，清清楚楚。走近了，什么也没有。幻影曾经欺骗了很多干渴的旅人。幻影不难碰到，我们一路见到多次。

人怎么能通过这样的地方呢？他们为什么要通过这样的地方？他们要去干什么？

不能不想起张骞，想起班超，想起玄奘法师。他们都是了不起的人……

快到吐鲁番了，已经看到坎儿井。坎儿井像一溜一溜巨大的蚁垤，下面是暗渠，流着从天山引下来的雪水。这些大蚁垤是挖渠掏出的砾石堆。现在有了水泥管道，有些坎儿井已经废弃了，有些还在用着。总有一天，它们都会成为古迹的。但是不管到什么时候，看到这些巨大的蚁垤，想到人能够从这样的大戈壁下面，把水引了过来，还是会起历史的庄严感和悲壮感的。

到了吐鲁番，看到房屋、市街、树木，加上空气特别地干热，人昏昏的，有点像做梦，有点不相信我们是从那样荒凉的戈壁滩上走过来的。

吐鲁番是一个著名的绿洲。绿洲是什么意

摄影：向京

摄影：向京

思呢？我从小就在诗歌里知道绿洲，以为只是有水草树木的地方，而且既名为洲，想必很小。不对，绿洲很大。绿洲是人所居住的地方。绿洲意味着人的生活，人的勤劳，人的生老病死，喜怒哀乐，人的文明。

一出吐鲁番，南面便是火焰山。

又是戈壁。下面是苍茫的戈壁，前面是通红的火焰山。靠近火焰山时，发现戈壁上长了一丛丛翠绿翠绿的梭梭。这样一个无雨的、酷热的戈壁上怎么会长出梭梭来呢？而且是那样的绿！不知它是本来就是这样绿，还是通红的山把它衬得更绿了。大概在干旱的戈壁上，凡能发绿的植物，都罄其生命，拼命地绿。这一丛一丛的翠绿，是一声一声胜利的呼喊。

火焰山，前人记载，都说它颜色赤红如火，不止此也，整个山像一场正在燃烧的大火。凡火之颜色、形态无不具，有些地方如火方炽，火苗高蹿，颜色正红；有些地方已经烧成白热，火头旋拧如波涛；有一处火头得了风，火借风势，呼啸而起，横扯成了一条很长的火带，颜色微黄；有几处，下面的小火为上面的大火所逼，带着烟味气流，倒溢而出；有几个小山叉，褶缝间黑黑的，分明是残火将熄的烟炱……

火焰山真是一个奇观。

火焰山大概是风造成的，山的石质本是红的，表面风化，成为细细的红沙。风于是在这些疏松的沙土上雕镂搜剔，刻出了一场热热烘烘、刮刮杂杂的大火。风是个大手笔。

火焰山下极热，盛夏地表温度至摄氏七十多度。

火焰山下，大戈壁上，有一条山沟，长十余千米，沟中有一条从天山流下来的河，河两岸，除了石榴、无花果、棉花、一般的庄稼，种的都是葡萄，是为葡萄沟。

葡萄沟里到处是晾葡萄干的阴房——葡萄干是晾出来的，不是晒出来的。四方的土房子，四面都用土坯砌出透空的花墙。无核白葡萄就一长串一长串地挂在里面，尽吐鲁番特有的干燥的热风，把它吹上四十天，就成了葡萄干，运到北京、上海等地及国外。

吐鲁番的葡萄全国第一，各样品种无不极甜，而且皮很薄，入口即化。吐鲁番人吃葡萄都不吐皮，因为无皮可吐——不但不吐皮，连核也一同吃下。他们认为葡萄核是好东西。北京绕口令曰："吃葡萄不吐葡萄皮儿。"未免少见多怪。

喷发的土地
——木吉印象

文／赵志敏

到新疆、到西部去旅游的热潮越来越多地吸引着人们行走在这西域和丝绸之路上。在书店介绍到全疆各地去旅游的画册、手册、导读、探秘种类繁多，几乎都重复着人们非常熟悉的那些地区和景点。可你知道新疆还有一个神奇、美丽的地方——木吉吗？你要在这些手册中找到它就不容易了，也许根本就找不到。看了许多这方面的专著，好像历代的旅行家、探险家都在布伦口朝南去了塔什库尔干，却没有找到向西北去木吉的资料。也许它太小了，太不顺路了。不管怎样，木吉至今仍然是个鲜为人知的地方。

其实木吉非常之大，非常之美。木吉，柯尔克孜语，意为“喷发”，曾有火山喷发，还有说意为“三座山之间”。这两种说法都非常有道理。木吉在1954年由乌恰县划属阿克陶县，1962年成立木吉公社，1984年建乡。总面积7602平方千米，平均海拔3500~4000米，属高原、高寒地区，它与吉尔吉斯斯坦和塔吉克斯坦两国接壤，是柯尔克孜族集居地。目前人口3779人，由牧民等组成。

木吉三面是高耸入云的昆仑山脉，只有在314国道布伦口附近昆盖山和萨雷阔勒岭之间浅山处形成了一条大致东西走向的通道。这条百千米长的山中“走廊”狭窄部只有几千米，在木吉乡处豁然开朗，形成了近百平方千米相对平坦的山区平原。冰山雪水形成的木吉河，在两山之间由西向东汇入盖孜河。

在布伦口附近下314国道去木吉，有80千米简易公路，越野车大约行驶近4个小时。再往维日麻等方向就得看天气情况，时间就不好确定了。现正在修路，到时可能会大大缩短。虽然山高路远，但一进入木吉“走廊”，你立即就会被这里迷人的高原风光所吸引。

首先木吉河就非常独特，它不属于大河那种。冰川雪水沿着各个山脉走向，涓涓细流汇往低洼处。没有任何人为因素，使它在高原上肆意奔流，形成了数不清的弯弯曲曲，交错纵横像血脉一样的河流，犹如“动脉”和“毛细血管”排列在大地上。这里河水千折百回，到处都是九曲十八弯。到了“走廊”狭窄部它就汇成了冲沟深邃的大河。河床宽窄、深浅、地质、流速使河水形成了红、黄、蓝、灰等五彩缤纷的颜色。大自然不知经过了怎样的整合裂变才塑造了这迷人的胜境。

这里的草原美丽极了，在山脉沟谷褶皱的浅山地区分布有大小不等的山谷、冲积平原，有可耕的土地，因河水的任意改道，绝大多数只能放牧。河水流量、流速的不同，就形成了星星点点时大时小镶嵌在木吉河两岸那种高原湿地型草原。沼泽区有危险的“陷阱”，只能在草墩上跳跃行走。它不能“风吹草低见牛羊”，但这高原湿地、草甸子的颜色却是变幻莫测，色彩极为斑斓。它像水彩画大师用湿画法使三原色在纸上任意流淌、渗透、交融形成了水汽十足的绚丽多彩的美丽图画。

牧民悠闲自得不时骑马从草原上走过，妇女拎着水桶，服饰极为艳丽。牛羊在草地上噬草、嬉戏，一切都是那么宁静安详，草甸上弥漫着湿润的空气，岚烟飘渺，水草丰美，飞禽掠岸，芳草萋萋。奇特的高原风光使这里宛如仙境，时光似乎凝固了，并已倒退了许多年。这里给人一种亦真、亦假、亦梦、亦幻的感觉，在这里漫步如同在梦中游、画中游、诗中游。

更值得称奇的是在木吉河两岸神奇地散落着许多颜色各异、大小不一的火山，有的已干涸；有的灌满了河水，蓝汪汪如一泓清泉；有的火山凸起地面，像月球上的月坑；有的和地表平齐，任河水从上面流过。火山形态、颜色差异很大，有红褐色土壤的火山，也有岩石隆起的火山。其中灰白色物质的火山最为神奇，像火焰一样颜色形状的物质布在火山口周围，感觉这里的火山好像刚喷发完不久。所以说，木吉意为“喷发”和“三座山之间”都是十分贴切的。具极有限的资料介绍，这些火山是在 1500 年前喷发而形成的。这些火山在苍凉、静静的天空下已过了一千多年，这是十分美丽罕见的地质、地貌，使游人至今还能感受到火山喷发时大自然的神奇伟力。

木吉的山、水、草地、火山组成了一幅天然奇特的美丽图画。千山万水的阻隔，外面的世界、随风而来的现代气息，对它还没有多大的影响。它是那么的古老、原始，那么的沧桑、遥远。

摄影：昆泉

清澈的河青格里
QINGCHE DE HE QINGGELI

文/郭 不

新疆的许多地名，都是蒙古人取的。从前，蒙古可汗的铁骑遍踏这片无垠的土地。他们声称，凡鹰飞过的地方，都是蒙古人的故乡。这话今天听上去多大！可当时，蒙古人从马背上几乎得到的不是整个天下么？我们要去造访的青河县，就是原先蒙语“青格里”的转音。蒙语把“清澈的河”叫青格里，改称青河恐怕是汉人来了之后的事吧。

青河在准噶尔盆地的东北边上，隶属阿勒泰专区，距乌鲁木齐500多千米。我们一行4人：主编和我，还有两位摄影师，一位是新疆人，另一位从南方来，坐一辆三菱越野车，上午时分从乌鲁木齐出发，直向青河县奔去。

车一上高速公路，第一道风景大餐是大黄山。远远望去，大黄山山势巍峨壮观，一片复杂的三角状山峦后面，紧贴着高峻的博格达冰峰，黑山反衬着白雪冰峰，灿烂地令人眼花缭乱，即使很有些功夫的画家，遇到眼前这景，想必也是很难描绘出来的。

大黄山一过，便是一片放眼无际的戈壁。不看戈壁，不知天高地厚。平远的戈壁滩上似乎一览无余，可是那车穿过一片干滩后，眼前忽一亮，一大片红色跃入眼帘。新疆摄影师叫道：“看，那就是火烧山！”车停下后，我们绕着那红色山丘转了两圈。我捡起一块碎石，像陶瓷一样，敲上去铿锵作响，这就是所谓的彩陶石。可惜这里的碎石形状都不怎样，如果遇到别致的造型，那可是极有观赏价值的。火烧山对摄影家是最据吸引力的。两位摄影家选了几处景点，说是往回返时要狠拍一阵。

车再往前行，是著名的卡拉麦里有蹄类野生动物保护区，公路旁立有一个牌子——“普氏野马场”。一条岔道石子路直通野马场，我曾参观过。19世纪70年代，俄国军官普尔热瓦尔斯基两度来中国捕猎，将这种野马拿到欧洲去参加万博会，引起轰动。之后，此马遭到灭顶之灾。近年来，从英国的野生动物园引来这野马的后代，想让它们在自己的故乡重新繁衍起来。听说复归野马已经很不能适应故乡的水土了，还得人工半饲养半野生一段时间。但这件事让人听起来觉得是一件很伟大的事。一路上走走停停，到青河县城时，天已经麻麻黑了。

青河县城坐落在四面环山的一片开阔地上，车穿出一片山路，暮色中就见一条河泛着银光，缓缓地随着公路，悄然向城里游去。河岸上青翠的白桦、山杨夹杂着其他树，密集地层叠错落在一起，便觉着水草是那般的丰茂。摄影师激动地叫起来：秋天来就好了，秋天树叶变红后，拍照才来劲！我不屑这句行话，为什么非要秋天？你看那白桦，什么季节看，都如那亭亭玉立的少女，婀娜多姿。我就奇怪，何以同样是树，单她能唤起人的一股温情来，每见她时，都那样令人赏心悦目。谁要砍这树时，就能忍心下得了斧？

太阳一直埋在浓云中，车转过一道山脊梁，西边突然出现一团彩云，摄影师一阵狂喜，但不等他们架好相机，那团彩云便倏地不见了，急得摄影师连连跺脚发脾气。大自然在喧闹的都市里就没有这般的神秘莫测，也只有到了这空旷的荒野，天地才能把人对比得那般渺小而不足道也！

丛林中，主人早已备好了欢迎晚宴，我们也到得太晚了些。敬酒的节奏一快，不胜酒力的人便连连告饶，但主人坚持说这是哈萨克的传统礼节，推辞不得的。照例是奶茶，然后是烤肉，接下来是大盘的手抓肉。主人用刀分割着大块肉时，南方的摄影师惊得目瞪口呆。听说我是阿勒泰的女婿，和我同姓的主人便以本家仁兄的姿态，抓起满满一把肥羊肉，直送到我的嘴边，不容我分辩，便令我一口气吞到肚里。我的天，我恨不能时光倒流，退回到 1960 年大饥荒时代。本家仁兄告诉我们，这是哈萨克人对待上门女婿最高的礼遇。可怜我身旁的南方摄影师，承受不了这种待遇……主人一定是等得有些焦急了，于是那取名“青格里”的白酒倒得就猛了些。

主人劝我们赶紧大咽白干，说这青格里酒才能解掉肉的肥腻，放心喝，再多不上头，只会腿软。本家仁兄一边干杯一边介绍，哈萨克的规矩，这一把肥羊肉中应该分别有羊心、羊肝、羊肚子肉，另外还要有一点羊头肉和羊蹄肉，象征一只全羊。给你们上纯羊肉，不光是为了解酒，还因你们在大城市里，吃不上这样品质的羊。你们明天上山了就会看到我们青河的羊，翻山越岭，走的是黄金道（阿尔泰山盛产黄金），吃的是中草药，喝的是没有污染的矿泉水，不要说它的肉了，连它屙的羊屎蛋都是宝啊。知道那叫什么吗？那叫“六味地黄丸”。说得一席人全大笑了起来。

欢宴结束后，果然一路腿软跌回宾馆，是酒的缘故么？青河的仲夏夜，静得连虫鸣的声音都听不见。白天好像挺热，夜里睡下却要盖棉被。仲夏夜的棉被，久违了。

第二天早晨，天仍没有一丝放晴的样子。县上旅游局的焦局长陪我们直奔三道海子。焦局长从小长在青河，会一口流畅的哈萨克语。我发现在多民族地区工作的汉人，会少数民族的语言，那真可以给他的人生带来另外一种享受。我在南疆喀什听过一位汉人用维吾尔语和维吾尔弹拨乐器自弹自唱维吾尔古典乐曲《十二木卡姆》，那真是一绝。我虽然不懂内容，但他如泣如诉的音调，却使我感动得热泪盈眶。我私下想，这位汉人的精神生活多么丰富！以我的体验，会一种方言，都会给生活带来无尽的趣味，何况他是用另一种民族的语言歌唱呢！

三道海子离县城约 150 千米，是青河县旅游的重头戏。新疆人习惯把湖叫成海子，远古的新疆是一片海，海退却后，留下了她的儿子——湖。在西部，凡有湖的地方，必是幸福所在之处。三道海子是 3 个高山湖泊，青河县的大青格里河与小青格里河，水源就是由这儿来的。车上了崎岖的山路后，速度即刻缓了下来。一进山口，天凉爽起来。河谷两旁长满了参天的西伯利亚红松，其间杂有白桦和山杨。红松极有姿态，枝干错落疏密地伸展着，树身却都笔直挺拔，大有一股英雄气。比较其他松树，红松是最易入画的。一路上看着白云红松，听着河谷涛声，真是难有的一种放松。

走了约 50 千米的山路，上到海拔 2600 多米后，便看到了当地人称作的花海子。用“花”来形容这海子一点不过分。它周围形成一个极优美的九曲十八弯溪流，和中海子、边海子都贯通着，那神秘的大石堆，就坐落在这儿。车开到花海子跟前，在一座毡房前停下。天公却不作美，下起了小雨。焦局长把大家带进毡房里，哈萨克女主人忙给我们煮奶茶。不一会儿，这家男主人从外面回来了，用哈语和焦局长交谈了起来。焦局长转过身来兴奋地对我说道：“刚才这家男主人讲，他前些日子又在已被堆成羊圈的坡地，发现了几块‘鹿石’。”我一听这话，立即放下茶碗，走，我们现在就去看看。冒着细雨，男主人带着我和焦局长，向那已经垒成了羊圈的土坡上走去。

在这儿那种石堆有好几处，除了最大的一座还基本保留原状外，其他几个较小的都被转场的牧民拆掉垒成羊圈了。听说100年前，还有往来的蒙古人对这石堆行望祀之礼，自从这儿变成哈萨克人的牧场后，小点的石堆却被夷为羊舍。焦局长连连惋惜，说明年无论如何想办法，要把这垒成羊圈的石堆都恢复过来。

我们到了羊圈旁，看到男主人从土层中翻挖出来的四五块石条，最大的约有1.5米高，宽厚有三四十厘米，石条明显经过人工打造成型的。上面刻有圆形图案及动物纹饰图案。焦局长提议把最大的那块石条竖起来，免得让牛羊吃草时在上头乱拉乱踩。石条躺在平地上震撼力似乎还没有那么大，可一竖起来后，立刻有了纪念碑的味道。我们脸上挂着汗珠和雨滴，站在“碑”前照相留念。我对焦局长侃道，你为青河的旅游景点立了一大功，以后凡来这里的游客，必会在这“碑”旁留影的。

下午，雨停了，但天空依然乌云密布。花海子四周全是山峦，那云便依在四周的山上，只在我们头顶露出一片蓝来。那蓝恐怕是没受一丝污染的，既不是脆蓝，也不能形容为湛蓝，有位诗人造过个蓝的词——钢蓝，用在这儿，好像也不确切。车开过大弯河，到了大石堆跟前，主编问，这像是一条人工凿出的河，怕是护这石堆的吧？我不同意，人工河不会拐这么多个弯弯道道的，上古的人，轻易不改变自然的。他们可以人工堆起一个大石堆，但绝不会人工去改建一个河道。他只会去顺应自然，在自然环境里加进自己的“天地”，使之天人合一。

摄影师支起相机等光线，我踩着石堆往上攀，想一览周围地貌，刚露出个头尖，便遭到摄影师喝斥，他们正在为石堆做第一次曝光。我悻悻地绕在石堆背面。听焦局长讲这神秘石堆至今没有定论，一说是蒙古可汗的墓葬，又说是乌孙人或突厥贵族的墓，还有人依据鹿石的研究，以为更早，是塞人墓。更有一种玄说，是依据外星人飞行物着落点而做的印记。

看来只有把离它不远的那一处小石堆作考古发掘后，才能有圆满的结果。

太阳落山时，也不见透出光来。天彻底地黑了，我们在车上坐等摄影师。拍照完后，已经是深夜了。焦局长敲开最近的一家牧民毡房，主人已经睡下了，见我们到来，立刻点着蜡烛生起火，热情地为我们烧水做饭。主人叫吐尔洪，30来岁，能听懂也能讲些汉语。他结结巴巴地用汉语讲：“你们早点来，我们可以宰一只羊么。这么黑了，我们的羊宰不了，我们过意不去嘛！这是我们的礼节嘛！”

吐尔洪的妻子很快为我们做好了汤面片。一把盐，一些切碎的肉，再就是揪成的面片。

那晚我们和吐尔洪一家睡在地铺上，厚厚的毛毡依然透着湿气，哈萨克人的热情，使我心里觉得热烘烘的。牧羊犬在毡房外大声地吠了起来，雨滴从毡房的天窗下沥沥落入帐中，暗光里可以看得见那雨丝是透亮的。

特色民俗

Characteristic Customs

1 Xinjiang humanities and georghgy

特色民俗

锡伯族风俗一瞥

文/佟克力 贺 灵

锡伯族简介

察布查尔锡伯自治县是全国惟一的锡伯族自治县,锡伯族人口有2.5万多人。

锡伯是本民族的自称,口语称“Siwe”,书面语称“Sibe”。历史上有“须卜”“室韦”“失韦”“失比”“西伯”“席伯”“席北”“史伯”“锡窝”等不同译音,都是Siwe的同音异写。锡伯族的祖先是东胡系的拓跋鲜卑,早在东汉以前就活动在大兴安岭北段以“嘎善洞”为中心的地带,以“畜牧迁徙,射猎为业”,48年以后从大兴安岭迁移到呼伦贝尔地区,此后又往南迁徙。386年,拓跋鲜卑的大部分进入中原,建立北魏政权,剩下的一部分以“室韦”为号,在嫩江左岸的绰尔河、洮儿河等河流域活动,其中的一部分室韦成为锡伯族的祖先。

在唐代,绰尔河流域的锡伯族先祖归属于唐,辽代受契丹统治,多数人开始从事农业。辽亡金兴,锡伯族先祖又处在女真统治之下,元代开始被蒙古族统治。元、明至清初,锡伯族处在蒙古兀良哈三卫中的福余卫的统辖之下。1593年,锡伯族出兵随科尔沁、叶赫、哈达等组成九部联军(3万人马),与努尔哈赤交战兵败,从此,锡伯族开始部分地归属满洲。1636~1648年,锡伯族军民同科尔沁蒙古一起被清政府编入旗兵,成为蒙古八旗的一部分。1692年科尔沁蒙古统治者将所属锡伯族军民进献给清政府,从此,锡伯族摆脱了蒙古统治阶级的统治,开始被满族统治阶级控制,并被编入满洲八旗,移防黑龙江、吉林各地。1764年,清政府为了加强伊犁地区的驻防力量,抽调3000多名锡伯族军民迁徙至伊犁。从此,锡伯族形成了东西分居、小聚居大分散的局面。

锡伯族军民迁到察布查尔地区后,一直担负着屯垦戍边的繁重任务。从1765年组成锡伯营至伊犁辛亥革命,锡伯族一直是战时从征,平时生产,过着准军事化的生活。200多年来,锡伯族为保卫边疆、平定内乱、抵御外侮、建设边陲作出了很大贡献。

察布查尔锡伯族长期以来保持着自己的传统文化与习俗。

锡伯族的宗教

锡伯族信仰藏传佛教(俗称喇嘛教),还有信仰原始信仰和萨满教的现象。上述信仰现象,目前作为一种文化现象,在民间仍有一定程度的存在。在原始信仰方面,既有狩猎、渔猎生产方式的特点,又有畜牧业和农业生产方式的痕迹。如自然崇拜、精灵崇拜、神祇崇拜、灵魂崇拜、祖先崇拜等。其中喜林妈妈崇拜和对牲畜神的崇拜是最典型的原始信仰现象。

喜林妈妈

是象征保佑家宅平安和人口兴旺的神

灵。它是用长约十米的丝绳，上面系许多小弓箭、背式骨（比石）、箭袋、小吊床、铜钱、五颜六色的布条、小靴等。平时装入纸袋里，挂在室内西北墙角。每年大年三十，由袋里取出来，从西北墙角斜拉到东西墙角，家长带家小为其烧香磕头，至二月初二再装回纸袋里，挂回原处。制作喜林妈妈时还有严格的规定，所有的布条、丝绳、比石、弓箭、小吊床等须到本村人口多、辈数全的七户家中去索取，并邀请人丁兴旺、子孙满堂、家庭中年纪最大的人来制作。制作时以本家族的辈数传袭为本，增加一辈人就往喜林妈妈上添一背式骨，每生一子添一小弓箭，预示他将成为一名射手，每生一女添一布条或小吊床，预示她将来洗涮缝补，勤劳致富，生儿育女，子孙满堂。

锡伯族的家谱

锡伯人编修家谱是锡伯族哈拉莫昆、乌克孙乃至家庭社会活动中的一项重要的内容。因为，家谱是一个哈拉莫昆、乌克孙家庭的象征，是其简要的历史。

家谱是锡伯族最形象地记录一个哈拉莫昆、乌克孙或家庭发源、沿袭的谱书（亦称“宗谱”），它包括哈拉谱和莫昆谱。

创立家谱，对锡伯族人民来说，具有重要意义。例如，创立辽宁省“图克色里哈拉宗谱”时阐述其意义道：“一、本宗谱之设，所以祀先，惟代久年湮无由调查，谨按我支之先人为始，各备龛以供之，使后世之子孙稍知本流，以存观忠。二、敬先祖睦宗族，以为孝悌之本，凡族中子弟有不善者，皆得尽训诲之责，不可有亲疏之见。而子弟对族中尊长，均须恭顺，亦不可存亲疏之见。三、凡分居者，各宜备宗谱一份，以知己之渊源。每三十年合族通修一次，其地点时间，皆临时核定，但此三十年中遇有死亡者，待子弟记其事迹，经备通修时，记录于事迹栏内。”又如“安氏宗谱纂序”写道：“从来国不能无史，家不能无谱，家谱之重等于国史。恐世远则易疏，族繁则易乱也”；“人道亲亲也，亲亲故尊祖，尊祖故敬宗，敬宗故收族，欲联宗族之情，明伦常之理，家谱实不可不修辑也”。其目的就是“发扬先祖之德，大昌祖宗之功”。

从目前所见的家谱来看，其类型有如下两种：一是谱书，即编印装订成册的谱书；二是谱单，即在一块绫子或粗布或纸上抄写的世系表。

锡伯族民间体育

锡伯族素有“好骑善射”之美名。过去，作为一种娱乐活动，在察布查尔地区每年都举行一两次射箭比赛，夺魁者往往得到重奖。后来在县上成立了专业射箭队，并以锡伯族队员为主，在自治区也成立了省区专业射箭队伍，在历次国内外比赛中取得了优异成绩。叼羊、旅游、狩猎、滑冰等也是锡伯族民间较受欢迎的体育项目。

西迁节

西迁节，又称“四一八”节，是新疆锡伯族的传统盛大节日，在农历四月十八日举行。在16世纪以前，锡伯族居住在我国东北地区海拉尔一带，1764年清朝为了加强新疆地区的边防力量，从盛京及所属的沈阳、辽宁、开原、义州、凤城、熊岳、金州、海城、抚顺等17个城抽调锡伯官兵1018人，连同家属3275人，来新疆驻防。农历四月十八日，是他们离开盛京踏上征途的日子。临行前，他们与留居东北故乡的同胞集聚在沈阳太平寺，祭奠祖先，共勉相祈，会餐话别。两百多年来，每逢这一天，家家户户打扫庭院，准备丰盛的食品，人们穿上节日的盛装欢聚在一起，奏起穆尔娜琴，跳起欢快的舞蹈，唱起古老的征途歌，开展庆祝活动。此外，这一天还举行摔跤、射箭、赛马等传统体育活动，纪念“四一八”这个具有历史意义的节日。

“样子样子”的帽子

文 / 李芝庭

帽子是一个民族的符号，甚至可以说是旗帜，它包含着风俗习惯、审美取向、制作技艺、发展轨迹等元素。总之，它是一种文化。就佩带者而言，它又是一种身份和地位的象征。维吾尔人的帽子更是丰富多彩，变化万千。要认识惟吾尔人，你得先认识他们的帽子。

样子样子，维吾尔语“各种各样、很多很多”的意思。

维吾尔族男女老少，不论春夏秋冬都有戴帽子的习惯。夏天戴的小花帽叫“多帕”，冬天戴的皮帽子叫“吐马克”，其中又可分男式、女式两种。这些戴在头上的帽子，千姿百态，五颜六色，呈现出独特的民族特色和鲜明的服饰文化。

维吾尔族妇女人人都是绣花帽的能工巧匠，许多男人更是制帽高手，他们是真正的民间工艺美术家。他们能将丰富多彩的自然形态，通过艺术提炼、概括、夸张、变化而创作出具有乡土气息和强烈民族审美情趣的纹样图案，制成华丽多彩、各尽其妙的“多帕”和“吐马克”。所以，对维吾尔人来说，戴帽子已经不完全是为了防暑御寒，“帽子巴扎”从来都是游人百看不厌、目不暇接的地方。

维吾尔族的小花帽历史悠久，地区性强，种类繁多，男女老少戴的花帽也都有区别，但按它们的构成骨式和花纹图案可分为巴旦木多帕、塔什干多帕、格来木多帕、奇曼多帕、翟尔多帕、玛力江多帕、赛兰多帕、白西塔拉多帕等五十多个品种。这些多帕一般都是手工纳绣，把四瓣（也有五瓣六瓣）穹形布片以尖顶为中心，拼缝成拱顶形或金字塔形，再镶黑绒面边，最后套在木模上固定成型。绣制的手法多种多样，主要分为刺线平绣、刺线结绣、串珠片绣、格子架绣、盘金银绣、十字花绣、钩花刺绣、扎绒刺绣、综合绣等。花帽底色多用紫红、深蓝、墨绿、黑等深暗颜色。花纹图案用色明亮艳丽，对比强烈，主要有黑、白、橘红、棕、草绿、桃红、朱红、金银等色调。

维吾尔农村，男人们最常戴的花帽叫“巴旦木多帕”。这种花帽因地区不同也有许多变化，

摄影：小雨

但都是黑底白花、四瓣、棱角凸起，帽花是用巴旦木、杏核变形和添加的多种图案。因花色古朴素雅，简洁大方备受男人们的喜爱。

图案似地毯绒面、绣法费工费时的“格来木多帕”；色彩对比强烈，用对格架绣几何形花纹，像盛开的花丛的“塔什十多帕”；以米字形为骨架，奇曼古丽花枝叶交错，装饰效果很强的“奇曼多帕”，这些都是维吾尔族男女青年和知识分子喜爱的花帽，也是馈赠宾客的珍贵礼品。

用金银线盘绣，立体感强，在阳光下斑斓绚丽、熠熠闪耀的“翟尔多帕”；用串珠亮片镶嵌，像晶莹露珠盛开的“玛力江多帕”，都是女性特别是小姑娘们最喜欢戴的花帽。

“赛兰多帕”是一种专供宗教神职人员戴的花帽，特点是比一般花帽高，没有棱角，巴旦木或双旦木图案绣在花帽顶部，以免包赛兰（大白头布）时被遮住。“白西塔拉多帕”比一般花帽多一瓣（也有多两瓣的），帽型较小，纹样比较简单，颜色比较清爽，有串珠、平绣、挑花等不同品种，是少男少女常戴的花帽。

还有一种夏天当便帽，冬天作衬帽的“夏巴克多帕”（瓜皮帽），只用平绣或十字绣绣上四朵小花，有水纹边，小巧、清爽、凉快，戴在头上显得精神、大方、洁净、素雅。

维吾尔人冬天戴的皮帽子种类也很庞杂，大小高低变化多端，统称“吐马克”。这些帽子大部分用羊皮制作，也有用兔皮、狗皮、狐皮、旱獭皮、水獭皮等制成。

“库拉克其吐马克”是黑皮面，有两只护耳，是用高档裘皮制成的帽子，多为城镇人佩戴。农牧民青壮年常戴的“欧日曼吐马克”形似深钵，羊皮绒毛在内，白皮板在外，顶上有四个棱角，帽子下檐有黑色毛边，与白色帽面形成鲜明对比。“赛尔皮西吐马克”是黑丝绒面在外，帽顶有四条拼缝，帽子下檐外面有突出的褐色毛圈，是南疆一带中老年人喜欢戴的帽子。“巴依拉能吐马克”是一种帽面用黑色、咖啡色、蓝色丝绒缝合，有一圈很夸张的、用高档裘皮制作的外檐，外形大如脸盆的皮帽子。这种帽子在以前只有少数有钱人戴，如今许多乡下人也戴起了这种帽子。

“开木切特吐马克”是女式高档皮帽，外形和前面的男帽大致相同，但要小巧秀气，深度浅，妇女们在佩戴的长头巾上斜扣一顶这种扁浅的皮帽，显得非常华贵漂亮。这种帽子在舞台上经常出现。麦盖提、巴楚等地的农民，喜欢戴一种斜桶形、帽身有 30~50 厘米高的帽子——“英吉沙吐马克”。据说在英吉沙农村，姑娘要戴着这种高帽子出嫁。还有一种在全世界也要算最小的皮帽——“塔里拜克吐马克”。这种只有在于田、民丰、且末才能看到的小帽子，只有 4~5 厘米高，口径仅有 6~7 厘米，帽顶直径不到 3 厘米，形似倒扣的小酒盅。这种帽子当然无法戴在头上，已婚妇女只好用卡子斜着别在头巾上。显然这种帽子没有任何遮阳保暖作用，纯粹是一种装饰品了。

如果您有机会来新疆，在维吾尔人聚居的南疆走走，您会惊奇地发现，还有一种耐人寻味的现象，那就是在炎热的夏天，仍有许多人身穿单衣却顶着厚重的皮帽子。据说是为了保持头部湿润，太阳晒不透。

摄影：晏先

◎摄影：康剑

画境中的部族
——图瓦

文／崔延虎

新疆阿勒泰地区的布尔津县和哈巴河县，位于新疆三大山系之一的阿尔泰山山区，与俄罗斯、哈萨克斯坦和蒙古人民共和国毗连接壤。虽然地处准噶尔盆地北缘，但是这里的自然生态景观却截然不同，森林郁郁葱葱，千里草原繁茂，大小河流和湖泊波光荡漾。其中的喀纳斯地区地理位置和自然景观奇异，分布着寒温带泰加林，是西伯利亚动植物种类在我国集中分布惟一的代表地区。区内森林草原相间，群落保持完好状态，现代冰川保存完整，生态系统独特。森林基本保持原始状态。春秋季节，区内繁花似锦，一片葱绿，水草丰盛，是各种野生动物栖息繁衍的理想场所。

图瓦人就生活在这样一个风景如画，处处都是自然奇观的地方。关于他们的历史迄今流传着各种各样的说法.有人认为，图瓦人是我国蒙古族一支古老的分支，隋唐时称“都播”，元称“秃八”，后又称“图瓦”，还有人认为，这里的图瓦人于一千多年前从西伯利亚迁徙到阿勒泰的布尔津、哈巴河地区，后与成吉思汗西征时遗留的部分老弱病残兵汇合，随即定居于此。也有人认为，阿勒泰的图瓦人与现在俄罗斯图瓦自治共和国的图瓦民族同根同宗，他们在200多年前（1790年左右）翻越阿尔泰山脉，来到喀纳斯地区，在这里繁衍生息。当地的其他族群，如哈萨克人和蒙古人，称他们为“德瓦人”或“库克猛恰克人”。图瓦人的语言属于阿尔泰语系的突厥语族，但又与突厥语族的其他语言有着很大的差异，在语法结构上与俄罗斯图瓦语的差别不大。

图瓦人在喀纳斯一带居住在山区森林地带，以放牧和狩猎为主，又称“林中百姓”。由于他们极少与外界交往，较完整地保留着古老的部落、氏族形式和宗教信仰等传统文化遗迹。

最能够反映图瓦人文化的是他们信仰的宗教

图瓦人的宗教信仰既有原始的自然崇拜、图腾崇拜的内容，他们认为天地、河湖、森林、山脉乃至野生动物，皆有神，每年都要举行祭山、祭水、祭天、祭树、祭鱼的仪式；又信仰萨满教，每年要举行祭火、祭敖包的仪式；图瓦人还信仰喇嘛教。在每年的各种祭祀活动中，3种宗教的仪式往往同时出现，喇嘛礼佛诵经，图瓦人面对自然万物，祈求神灵保佑他们的生产和生活。

图瓦人的居所用松木搭建而成，四壁均为原木垒砌，内有天棚和地板，屋顶尖斜，以适应山区多雨雪的环境。晚春他们赶着牛羊去深山里的夏牧场，深秋时分又赶着牲畜下山，住进木屋度过漫长的冬季。在冬季，他们用自制的滑雪板代步，乘马拉爬犁驰骋于冰上。

图瓦人的生活习俗

图瓦人的生活习俗既保留了他们自己的古老习俗，又吸收了相邻民族的生活习俗，吃饭时大家一般在木屋内安置小桌就地盘腿坐下，桌上摆满了奶制品、油炸面食和糖果，如果有客人，请客人喝完奶茶后，要给客人敬奶酒，唱“祝酒歌”。图瓦人崇拜火神，忌讳往火里扔脏东西，往火里吐痰、小便。人不能从火上面迈过去，也

摄影：小雨

不能将火踩在脚底下。图瓦人随水草而牧，因此特别崇敬水，产生了许多有关水的禁忌。例如，河水里不能洗澡、洗衣服、倒垃圾，不能在河水、井水旁大小便。

图瓦人的风俗集中地反映在他们对于生命的看法上。孩子出生，要请专门的接生婆接生，在图瓦语中，接生婆“戈吉日额吉”的意思是“地母”，婴儿出生之际要烧柏树枝叶，婴儿脐带长好后要举行入摇篮仪式，其使用的摇篮同哈萨克族使用的相同。孩子出生后不剃头，直到3岁或5岁时才剃胎发。剪发那天要邀请亲友来为孩子举行剪发礼，仪式要选吉日良辰，一般由娘家人主持这个仪式，被剪掉的头发要包在哈达里放在高处或山顶上。

摄影：小雨

图瓦人的节日

图瓦人的节日很多，春节是他们最主要的节日。在图瓦语中，春节为“查干”，即“白节”之意，把元月也称为“查干萨日”，即“白月”之意。他们认为白色是某事物的开端和源泉，自古崇敬白色，把它作为美好和吉祥的象征。图瓦人的另外一个节日是敖包节，又称“塔克恩”节，这是图瓦人祭祀天地日月大自然的节日，一般都在农历五月至七月举行。他们将过节的地点选择在水草丰美的高山丘陵，人们临时搭起蒙古包，牧民都携儿带女，从四处捡石头堆在敖包上。敖包堆放好后，放上佛像，摆上羊头肉、奶食品、油炸果等供品，然后焚香点灯，由活佛和有地位的喇嘛领着众人绕着敖包诵经（此时妇女不能参加），绕完3圈后，参加者不分老少都要向敖包跪拜磕头，祈求老天降福于人间，给他们带来吉利幸福；祈求风调雨顺，使大地水草丰盛，牲畜兴旺。图瓦人的另外一个节日“纳吾鲁孜节”，又名“祖乐那依尔”，意为“点灯节”。

“入冬节”是喀纳斯湖畔图瓦人的特有节日，一般在农历十月二十五日举行。节日前几天，人们就开始准备“祖乐”灯。这种灯很独特，在30~40厘米长的芨芨草上绕上新棉花，芨芨草的数量按每人的岁数来确定，如当年岁数为30岁时就用30根芨芨草，然后在棉花上涂上黄油，插在装满泥土的盆里即可。还有一种灯，用面捏成小碗，用棉花做灯芯，内放黄油，现在人们也用蜡烛代替祖乐，另外还要准备祭祀用的酒、肉、油炸果等。

图瓦人喜爱唱歌和跳舞，他们的乐器也很独特。最能代表图瓦人乐器的是叫做“楚吾尔”

摄影:小雨

摄影:文昊

的口笛。这种口笛由一种叫做“芒达勒西”的芦科植物掏空做成，目前在喀纳斯地区，既会制作又会吹奏楚吾尔的只有一位名叫额尔德什的图瓦老人。他用楚吾尔吹奏的乐曲，意境悠远深长，蕴涵着图瓦人对自己生活的大自然的感受和心境，是中国民族音乐中不可多得的珍品。

图瓦人的娱乐活动有摔跤、赛马、射箭、唱歌、跳舞等，其次还有拉羊皮、打火镰等。赛马、摔跤、射箭这3项活动不仅是娱乐活动，也是“男儿三艺”，是图瓦人衡量男子有无本领的标志。

Daolang Yuanqi 刀郎缘起

文 / 赵 勤

第十五届乌洽会上那6个留着小山羊胡子的刀郎老艺人,凝神屏息集结了胸腹之气"吼"出的"刀郎木卡姆"中最动听的一段,给许多人留下了深刻的印象。

阿克苏巨星民族文化旅游影视城近日将在阿克苏市破土动工。这是目前国内最大的影视生产制作基地,比浙江横店影视基地还要大两平方千米。这座影视城选址在古丝绸之路上龟兹文化与刀郎文化交融地带,自然风光与人文景观交相辉映,内有河流与原始胡杨林。影视城建成后还将拍摄一部农村题材影片,反映新疆维吾尔族民间文化的电影《刀郎》。

在百度网上搜索"刀郎"这个词,会有成千上万个词条等着你。那么,"刀郎"究竟是什么?"刀郎木卡姆"又是什么?

核心提示

1.刀郎

刀郎,维吾尔语,意思为"聚集、集中、群体",也被译作"刀朗""多朗""多浪""多兰"等,大部分中外学者认为这个词汇是生活在叶尔羌河、塔里木河两岸,乃至罗布泊地区的一部分维吾尔族人的自称。位于天山以南叶尔羌河流域的这些地方都被人们称为刀郎地区,这里特有的乐曲、舞蹈以及使用的各种乐器也都以刀郎冠之。

2.刀郎木卡姆

是一种融诗歌、音乐、舞蹈、游戏、民俗为一体的综合表演艺术。"刀郎木卡姆"主要流传于叶尔羌河中下游两岸,包括南疆的阿瓦提县、麦盖提县、巴楚县和莎车县一带。由于其独特的艺术魅力,千百年来在刀郎维吾尔人中以口传、心授等形式世代传播。由于各种原因,刀郎木卡姆几起几落。

3.刀郎舞

刀郎舞全部过程都表现与野兽斗争和胜利返回的喜悦心情。它的表演有固定的顺序,共由5个段落组成。刀郎舞的最大特点在于它节奏明快、动作刚劲,表现了刀郎人几百年来在大森林里游牧、狩猎的生活,所有舞蹈动作都是劳动过程的形象化。

刀 郎 人

13世纪,蒙古人兴起于漠北高原,他们勇猛剽悍,短短几年时间就征服了亚

摄影：文焱

洲和东欧，建立了蒙古帝国。

天山以南及中亚广大地区是成吉思汗次子察合台的封地，察合台死后，蒙古宗王为了争夺他的继承权，引发了长期的军事纷争。从14世纪末至16世纪末的两百年间，察合台的封地（察合台汗国）分裂为许多互不统属的小王国和地域，彼此之间相互征战。

当时的蒙古贵族大多是封建农奴主，他们大量掠夺贫民为奴从事劳动，充实自己的军队。人们不堪忍受欺侮，同时为了躲避战乱，纷纷外逃。刀郎人就产生于这些难民和奴隶中。（在察合台时期，“刀郎”一词是“集中”“成堆地聚在一起”的意思）

他们为了反抗压迫剥削和躲避战争的灾难，在逃亡的路上发现了沙丘边上的胡杨林。

阳光下的流水反射出耀眼的光芒。广阔的草地，茂密的树林，潺潺的流水，远离了人群，远离了战争，这里就是刀郎人梦想中家园的样子。当时他们一定是飞奔过去的。他们用胡杨和芦苇建造简单的房屋，狩猎野兽，下河捕鱼。传说当时河中行动迟缓而肥硕的大头鱼很多。他们点燃成堆的枯枝朽木，削尖了头的红柳棍穿上兽肉、鱼肉烧烤而食，省却了锅灶之烦。

他们在杳无人烟的荒漠旷野，或步行，或赶着古老的木轮牛车，奔波于大漠风沙之中，因为孤苦寂寞，便随心所欲、无拘无束地引吭高歌，以表达自己的心境，驱散孤寂。歌声粗犷而舒缓，带着几分沙哑。这应该就是早期的“刀郎木卡姆”了。

他们在叶尔羌河下游平原荒无人烟的大漠胡杨林里，过着自由自在的迁徙流浪生活，“刀郎”的称谓就是在那时有的。

由于生存环境十分艰难，又远离等级社会，省却了许多忌讳和繁文缛节，妇女也和男子一样参加各种劳动，她们不需戴面纱，就是宗教人士也都参加劳动。刀郎人大多是下层劳苦人民，加之流浪到荒野丛林，缺乏维系生活的物质，几乎退到原始社会，为了生存，只有艰苦奋斗，吃苦耐劳。

17世纪末，由于准噶尔贵族统治集团的入侵，刀郎人只好放弃了原来的居住地，开始向北面绿洲迁移，他们逐水而居，沿着叶尔羌河流域四处搬迁。

在漫长的岁月中，刀郎人在远离人世的荒

摄影：文焱

摄影：文焱

漠旷野、原始胡杨林中狩猎游牧，或从事落后的农耕，与大自然做着不息抗争，过着艰苦的生活。在此安家落户的刀郎人渐渐繁荣兴旺起来，他们占有的范围不断向四方扩大。为了避免北边外族人越过河占领他们新的绿洲，他们呼唤散失在其他地方的同族人来这里生活。后来迁移的刀郎人就沿着叶尔羌河两岸居住下来。他们开垦土地，耕作农田，利用叶尔羌河的洪水来灌溉和发展牧业。

叶尔羌河流域为刀郎人提供了发展牧业的一片辽阔草地，这样的环境条件有利于从事牧业，使他们形成了以牧业为主、农业为辅的生产方式。

由于叶尔羌河流域相对封闭，此后几百年中，在闭塞的环境里，刀郎人形成了独特的生活习俗、语言、文化、艺术和心理特征。至清朝初年，已与其他维吾尔人迥然有别。

他们靠坎土曼和包谷馕唤醒了沉睡的荒漠，直至20世纪。刀郎人用勤劳的双手建造了自己的家园，从狩猎游牧走向了农耕，建立起了一个个村庄、乡镇，留下了名曰“刀郎”的村庄和乡镇。

你穿着雪白的裙子，
镶着鲜红的花边，
等待着心上的人儿，
呆呆地坐着望眼欲穿。
你是多么好的姑娘啊，
就像含苞的花蕾一般，
我想送一束花给你，
又怕双手打颤！

这是刀郎人常常唱的《旅人歌》。在“刀郎木卡姆”的民歌中，爱情往往是主要内容。

刀郎人跳起节奏感强烈、热情奔放的刀郎舞，他们在唱歌跳舞时向心仪的姑娘表白爱慕之情。

刀郎舞是形式完整、动作粗犷矫健的一种民间舞蹈，盛行在叶尔羌河畔的阿瓦提、麦盖提、巴楚等地区。刀郎舞全部过程都表现与野兽斗争和胜利返回的喜悦心情。它基本上是两人为一组的对舞形式，现在保存下来的有四组动作，最后是竞技性的旋转。

刀郎舞总是从散板开始，它的表演有固定的顺序，共由5个段落组成。舞蹈中表现的狩猎活动是由男女配合共同完成的，表现了男女在

摄影：文焱

摄影：文焱

共同劳动中亲密无间的关系，这比男耕女织的农耕夫妻关系亲昵许多，也表现出了刀郎人男女共同维系生存的紧密性。

早年刀郎人生活在边远荒凉的地区，受宗教的影响较小，刀郎人的宗教意识较之繁荣的农耕地区也淡薄得多，因此古代西域酒文化的遗风就强烈得多。

如唐朝的“胡腾舞”“胡旋舞”，就爱用酒来渲染和烘托那一味纵酒的痴情。“醉却东倾又西倒”“旋转如风”“或踊或跃”“撼首弄目”“跷脚跳指”，舞蹈所表达的感情也如酒一般浓烈，观之令人陶然欲醉，故“胡腾舞”又曰“醉胡腾”。叶尔羌河流域流行的刀郎舞中，以左右旋转来表示狩猎的胜利，就透露出了“胡旋舞”的信息。

摄影：文昊

“刀郎木卡姆”歌词

“刀郎木卡姆”的歌词主要是民歌民谣，除个别歌词以外，每一木卡姆段都没有固定不变的歌词，木卡姆歌词是根据演唱的地点、演唱者情绪和木卡姆乐师所积累的歌谣而不断变化的。

刀郎人遇到了各种自然的、社会的困难和民族压迫，他们背井离乡时就编写了这样的民歌：

我何时走出你无边的戈壁，
舒舒服服地享受一番。
走出无边无际的戈壁，
流水是否能够看见？
离开了心爱的情人，
会不会就疯疯癫癫？

这些歌词反映了他们用木卡姆来表达自己落魄的样子和对家乡难忘之情。刀郎人从古老的家乡刚迁到塔里木绿洲，唱的是这样的民歌：

到了不曾来过的地方人们难以敲鼓，
没有抽的烟怎能玩耍乐悠悠。
人们说这里是戈壁滩，
不是戈壁滩是集市，
胡杨红柳林，
胡杨就像是苹果树一般。

刀郎人为木卡姆填的歌词既形象又实际，都产生于刀郎人生活在戈壁上的历史环境中。

在刀郎地区，这里的男女老少都会跳刀郎舞。刀郎舞是刀郎人生命的一部分，自小儿至老者不跳刀郎舞的刀郎人几乎是找不见的。

吐鲁番维吾尔族居民

文/王 嵘

吐鲁番地区炎热高温，干旱少雨，独有的自然气候条件，使当地维吾尔人的民居颇具特色。

当你来到吐鲁番城乡的旧式民居时，首先映入眼帘的是白杨护围的院落，浓阴环抱的房舍。房前屋后引有一条小渠，潺潺的流水伴着斑驳的树影，营造出宁静幽美的居住环境，呈现出塞外田园的独特风光。

从这些独门独户的院落中，常常会传出都它尔悠扬的琴声，这是民居的主人们休闲时的一种娱乐活动，保留着维吾尔族乐舞的古老风韵。

进入庭院，家家户户都种植着果木花卉，在屋前的葡萄架下，门口两侧，大都砌筑低矮的土台，铺着毛毡或地毯，供夏季休息。来客人时坐在这里交谈，品尝葡萄瓜果。

在并排的数间居室前，有些居民还筑有传统的“阿衣旺”，即外廊，有木梁，排檩椽，中间留有采光孔，讲究的家庭还在外廊上雕梁画柱，饰以维吾尔族的传统花纹图案，但不绘画人物或动物图像，因伊斯兰教反对偶像崇拜，不张贴、供奉有生命的人物或动物图像，只是在20世纪下半叶开始，这种传统的习惯才有所改变。

当地人的旧式住房都是土木结构，生土筑墙或土坯砌墙，用草泥涂抹屋顶。许多百年泥土房屋能保存至今，皆因吐鲁番盆地少雨所致。盖房时一般采用拱形平面屋顶，便于空气流通。庭院里都挖筑地下室，或建成地下地上两层住房，以供储藏瓜果、物品和在夏季避暑。这是古已有之的传统建筑设施。有的家庭，还把晾制葡萄干的晾房建在屋顶上，设梯上下，既便于管理，又节省地盘，无形中便形成了一道独特的风景。

吐鲁番地区冬季寒冷，风沙大，所以居室门窗都较小。为了采光，有的在屋顶上开设天窗，室内砌土炕，有的土炕大得占有半间屋的面积，炕上放置一个“桑杜克”（大木箱），镶嵌图案饰物，以存放贵重物品。炕的一侧连着锅台，但一般不烧热炕，炕是实心的。有的家庭在冬季烧铁炉子，连着火墙取暖。许多家庭在居室墙壁上装设壁炉，维吾尔语称之为“恰由克”，用土坯砌成，炉口直通屋顶，壁炉的上部装饰着美丽的花纹图案，古朴典雅。炉中烧煤炭或柴火，既可烫茶取暖，又可在壁炉旁接待客人，熊熊的炭火和闪动的火光，使人感到温暖，情趣盎然。

家庭居室的墙壁上，都留有壁龛，维吾尔语叫做“吾由克”，正面墙上开设大壁龛，其他墙面上开设小壁龛。壁龛的形状有长形、方形、拱形、菱形等，各式各样，这种多姿多彩开设在墙壁上的壁龛，既节省了打造柜橱所用的木料，有利于生态环境的保护，又不占房屋内空间，还美化了居室。这也是一种古老的传统建筑形式。

吐峪沟乡还有依山而建的传统小土楼，精巧别致，呈现出古老的民族建筑风貌。

随着时代的发展，吐鲁番维吾尔族的民居也发生了很大的变化，室内新式家具和家用电器一应俱全。城市居民大都住上了楼房，居室设施与内地居民没有什么两样。但在室内布置和摆设上，还都保持着浓郁的民族风格。

姑娘追

文／柳用能

姑娘追、追姑娘，单是这个美丽诱人的词儿，就足以撩动人们青春美妙的情怀，哈萨克族的“姑娘追”又别有一番情趣，所以，久闻其盛名、久仰其趣事的各族诗人作家们，才必欲一睹而后快。当我们的访问参观团来到伊犁草原时，好客的哈萨克主人为我们准备了好多好多吃的东西和他们传统的种种文娱体育节目，其中就有我们要求和渴望的“姑娘追”。我们天天吃了又看，看了又吃，口福于羊肉美酒之味，耳目极于声色视听之娱。可以说该看的都看了，该吃的都吃了。就我的亲身感受和欣赏水平而论，最好吃的东西还是鲜嫩清香的手抓肉，百吃不厌；最好看的节目就是寓柔情于粗犷之中的“姑娘追”，因为它情趣无穷，耐人寻味，好比醇酒似的悠长。

“姑娘追”显然是上古时代“追姑娘”的习俗发展演变而来的，至今，它既是一种人人喜闻乐见的体育娱乐项目，又是小伙子追姑娘的一种公开谈情说爱的方式，广泛流行于北疆的哈萨克和南疆西部山区的柯尔克孜人中间。这项活动，哈萨克语叫做“克孜库瓦尔”。

摄影：晏先

摄影：昆泉

“克孜”，即“姑娘”；“库瓦尔”，是“追”的意思。由于语法不同，他们的语言是名词在前，动词在后，与汉语相反。如我们说“吃饭”，他们就说“饭吃”；我们说“抽烟”，他们就说“烟抽”；他们说的“姑娘追”，按其原意翻过来就是“追姑娘”。正因为这种活动与男女间的情爱有关，所以追和被追的双方，事先都情不自禁地穿戴打扮一番，尤其是少女们，穿红戴绿，花枝招展，一个个都处于情怀初露的兴奋状态，脸蛋儿红得像个大苹果。当然也都是青年男女参加。比赛时，选择一块长长的草地作为赛场，将赛程分为“去程”和“回程”两段，在中间的转折点立一根木杆作为标志。赛事开始，男方可以邀请女方，女方也可邀请男方，被邀者不得拒绝。对象约好，便走马入场。先是一对一对地依次进行，节奏较慢，让其他人有个酝酿情绪、物色对象的机会，然后几对几对地相继入场，节奏渐快，最后若干对男女同时进场，一起进行，也最为热闹。由于草原宽阔，距离又长，纵使几对几对男女追逐谈情于其间，也不至于互相影响和干扰。

所谓“去程”，实质上是小伙子追姑娘的路程，“回程”则是由姑娘用行动回答小伙子的路程。在“去程”上，主导的是男方。此时男女双双并辔徐行，你靠着我，我靠着你，边走边谈，加之远离人群，甜言蜜语出于你口，入于我耳，只有你知我知，所以男的可以放心大胆向心爱的姑娘尽情倾吐心迹，表述爱情，甚至挑逗谈笑，打趣调情，女的即使羞红了脸也不能反目，不能顶撞，只有低着头，红着脸，默默不语地领受，给男的以把话说完的机会和自由。但一过了中点，勒转马头转入“回程”时，小伙子立即警惕地催马扬鞭，撒腿就跑。因为“回程”是姑娘追的路程，是姑娘用鞭子来回答求爱者的路程，主动权在于女方。所以姑娘抖擞精神，紧追不舍，而且一追上来挥鞭就打。哈萨克姑娘的马上功夫并不比男人差，其矫健勇武之风也不逊于男人，而且上阵的姑娘跨下骑的往往都是事先物色好的快马，所以巾帼手下很少有几个小伙能够侥幸逃脱姑娘的皮鞭！我参观姑娘追已不只一次了，见到的多是姑娘高擎皮鞭，威风凛凛，左手控缰，右手挥鞭，还没追上来就把鞭子在空中转圈儿似的甩得呼呼作响，向男的频频示威，一追上来就连珠炮似的“叭、叭、叭”一阵响鞭，那鞭梢儿就在他头上、背上、肩上左右开花，吓得男的像兔子在老鹰面前般没命地狂奔！有的姑娘甚至追打到终点还不罢手，把男的逼得直往山坡上逃，或者钻到人群里去躲避，有一次差点把我撞下马来。当然，若姑娘有意，自会高举轻落，鞭下留情，或者把他的马抽一鞭子，帮他跑快点；若姑娘无意，小伙子就得一连挨上若干皮鞭，这是求爱得到的家常便饭；倘若小伙子轻薄莽撞，在去程上调戏冒犯了姑娘，此时，矫健的哈萨克姑娘就会高擎皮鞭，一记响鞭，把小伙子头上那顶不可须臾离开的皮帽子一鞭打落地上，让他在众目睽睽之下狼狈鼠窜而逃。这是男子汉最为出丑丢脸的事儿。所以，小伙子宁肯挨鞭子也要保帽子，有的抱住脑袋、伏在马背上而逃，有的双手护住帽子狂奔，有的保住了帽子，又顾不了衣服，跑得丢盔撂甲，落荒而逃。总之，狼狈万状，妙趣横生。在场的所有观众则群情鼎沸，笑声喧天，无论男女老少，谁都不同情被打的小伙子而支持打的姑娘。他们声嘶力竭地高呼尖叫："打，打，再打，再打，用劲打！"然后捧腹大笑，前仰后合，看的人比追的人还要累。从他们合不拢来的大嘴，眼里滚出的泪花和毫不掩饰的狂笑，我明白了这就是草原上最为开心的事儿！

由于心情激动，按捺不住，与我们同来的柯尔克孜族诗人突然对我挤挤眼说，他也要去追一追，体验体验生活。我说："好呀，小伙子，祝你走运，多吃皮鞭。"原来柯尔克孜就是古之"坚昆""结骨""戛黠斯"，这是一个餐冰卧雪的民族，在风刀雨箭中游牧的民族，也特别喜欢姑娘追这种娱乐。由于群情激动感染了他，使祖先遗传给他的血液顿时沸腾起来。他把衣服扣紧，腰带扎牢，帽子戴严，又请我解下我的鞋带帮他把帽子牢牢捆在下巴上，防止临阵出丑。我开玩笑地说："要去不怕打，怕打就别去，被姑娘打几下不是很过瘾嘛？"他摇摇头说："不，哈萨克姑娘唠叨（厉害），不可大意。"说罢，转身向陪同我们的哈萨克县委书记换了一匹好马，大大方方径直朝着人丛里一位鹤立鸡群般的姑娘走去。此时我才恍然大悟，原来在大伙前仰后合的大笑中，他却偷偷瞅中了这位披着彩巾，头插羽毛，眉梢眼角都兴奋得放出奇光异彩的俊俏姑娘！姑娘见这位英俊魁梧的陌生客人相邀，始而一怔，继而颔首一笑，接着将马头一带，也不搭话，就跟着这位朋友一同并肩步入赛场，缓步登程而去。我关心着他的遭遇，担心他的命运，便远远望着我的这位不过二十七八的年轻朋友。只见他脑袋一直斜斜偏向姑娘一边，目不转睛地盯着姑娘，任凭她的脸儿微微转向这边，还是微微转向那边，也不管姑娘如何低下了头，把脸儿深深埋到衣领中去，他还是一个劲地看着她，把自己的脸向着姑娘的方向凑过去，口中不停地说着什么。我真为他提心吊胆，看他这种死皮赖脸的样子，只恐姑娘很反感，凶多吉少。果不其然，一过了中点那根木杆，我的朋友便机警地拔腿就跑。后来才知道，这位诗人果然喋喋不休地向姑娘说了许多过头的情话，又厚着脸皮把他写的什么爱你、想你、亲你、吻你、只相见恨晚一类的情诗艳句，凑到姑娘耳边向姑娘朗诵似的说了一遍，要求姑娘与他像水与月、月与水那样相恋相依。姑娘呢，非但低头不语，连耳根到脖子都羞红了。他情知不妙，又不摸底，所以心里发虚，转身就跑。此时，多情的姑娘略略踟蹰了一下，意思是放他几步，略尽地主之谊，然后抖擞精神，风驰电掣般赶了上来，刚才那种眉目含羞的娇柔情态为之一扫。只见她左手揽辔，右手扬鞭，紧踏双镫，挺立在马上，把鞭梢儿在我那朋友头顶上甩得呼噜噜直响，比古代巾帼英雄还威风，真把我看得目瞪口呆。我那位朋友呢？则龟缩着脑袋，双手护住帽子，趴在马背上，一溜烟地奔逃。可叹诗人的潇洒，作家的风流，文人名士的翩翩风度，全被这位漂亮的姑娘追得灰飞烟灭了！

事后，我兴致勃勃地请教哈萨克朋友，你们真有意思，谈情说爱还要打，要是不爱呢？他说爱也要打，不爱也要打。原来在这个剽悍勇武的游牧民族心目中，打就是爱，追就是情，又追又打就是爱情。能追能打、勇敢矫健的姑娘就是顶顶让人爱恋、羡慕、追求、夸耀的好姑娘。在姑娘高高举起的皮鞭之下，既有抚爱的打，深情的打，热恋的打，又有不爱的打，警告的打，惩罚的打。那鞭子在姑娘的手中自会入微入细地传达她的心意，又只有小伙子才能心领神会，这就叫做心有灵犀一点通。至于在旁参观的局外之人，只看见皮鞭挥舞，小伙子狂奔，乐得哈哈大笑，又哪能看见姑娘剽悍之中那颗多情的心呢！所以，对于姑娘追这种以情意为其基本内涵的活动，观众只能得其皮毛，当事者才能得其精髓；观众只能看到欢笑，局内人才能领其情趣。如我的那位诗人朋友，亲身入场追了一番之后，果然触动了诗灵和情感的发条，一发而不可收拾，对那位姑娘思念不已，一往情深，为她写了一篇热情奔放，情真意切，缠绵婉转，感人肺腑的诗篇，比他搜索枯肠、绞尽脑汁逼出来的东西不知高出多少倍。这就是得之于鞭子的恩赐。更何况姑娘的鞭子也不是随便乱打的，在她长到情窦初开、渐懂情事时，当母亲的就会悄悄给她面授机宜，教她上场时要如此如此，这般这般，把一代一代传下来的秘诀传授予她。所以姑娘心中有数，挥鞭自如，男的可以任意追求，姑娘就用鞭子来随心所欲地回答。

古人说："食、色，性也。"追求食物和爱情是人的本性。婚姻嫁娶先后经历了乱交、群婚、对偶婚、一夫一妻制几个大的阶段，又经过了母系到父系、母权制到父权制的转变，但从人的生理和心理素质来说，两性之间大都是男追女、男求于女，不但母权时代如此，父权时代也大体如此，这就是姑娘追产生的自然和社会的前提。有些民族在婚姻递变中，追不到就抢，因此发展为抢婚抢亲（如云南纳西族）。尽管后来历史已经大大向前发展了，而追姑娘、抢姑娘的遗俗遗风还久久留传于后世。如果我们把姑娘追粗略地分析一下的话，那么这种蕴含在粗犷之中的男女关系，比之于封建包办买卖婚姻和资本主义社会所谓的尊重女权还要高出一筹：因为第一，它比封建婚姻更自由，更道德。第二，交际舞男邀女，姑娘追还可女邀男，所以更开放。第三，赛程分为一半对一半，男女各主二分之一。你有任意追求的自由，我有任意回答的自由，双方完全平等。第四，男女追逐的基础是爱情，是爱的激情。当然，现在哈萨克族的姑娘追已不再是男女求偶的惟一形式了，而是一种辅助形式，在很大的程度上它已演变成了一种大家开心的体育娱乐活动。或者更确切地说，姑娘追具有追姑娘和体育娱乐的双重性质。认识和掌握这点极其重要。正因为它有求偶的一面，所以不能随便去追，一追就会牵动情怀，产生这样那样的后果；又因为它有娱乐活动的一面，所以参加追的人又不仅限于求偶的男女，其他的人也可以进去追逐嬉戏，凑趣打逗，加热升温，使大家更加欢乐。我就看到一些三四十岁，甚至四十开外的男女，开朗诙谐，旁若无人，一进场就拉拉扯扯，嘻嘻哈哈，故作儿女羞态、憨态、娇态、媚态，真真假假，真假参半，好似真的在追，又似表演做戏。最初我还以为他（她）们是丧偶、离婚的鳏夫寡妇，后来才知他们有的是风韵犹存的半老徐娘，拉着她那乐呵呵的伴当，入场重温昔日的旧情，追念已逝的青春；有的则是技高一筹的像在马戏团里扮演丑角那样的人物，每有集会盛事，他（她）们都主动前去掺和逗乐，凑趣打诨，真真假假地追打一番，逗得大家欢乐他们也欢乐，直笑得精疲力竭才策马而归。而且这种扣人心扉、系人情怀的赏心乐事，不但局外参观者久久难忘，局内的当事者更是记忆长存，甚至若干年后，在人生的旅程中还不时发出醉人的芬芳！

美丽与哀愁

——高台民居印象记

文／葛藤蔓

◎摄影：金炜

最西边，这是一个美丽的极线。从北京到喀什，我终于飞进了中国的最西边。

目标是这座极西之城的一处建筑——高台民居。尽管起飞之前查足了相关资料，但西域遥远而神秘，高台民居的样子始终无法在我脑海里具体起来。“高台”是什么样子？那是些怎样的房子？里面住着怎样的人？他们过着怎样的生活？有怎样的喜悦与哀愁？在我将近4000千米的航程中，关于高台民居的幻想成为我惟一的旅伴，陪

我翻山越岭，最后陪我落在喀什 7 月温热的夜色中。

夜晚搁浅了我的期盼。它把高台民居变得矜持，好像一个深颜色的盖头，在离我不远处蒙住高台民居的脸孔，让我不能看清。

我只有等待，盼望斗转星移。

喀什和北京有两个小时的时差。整晚都不想入睡，所以对时差也毫无察觉。那些想象，无比活跃地在我脑海里涌现了一整晚。

有文字说，9 世纪中期，喀喇汗王朝就把王宫建在高台民居的北面。一个王朝，一座王宫，一个千年，都与高台民居有关。历史上那些真诚的、虚伪的，善良的、邪恶的，荣耀的、耻辱的，稳定的、动荡的，辉煌的、落魄的，哪些是曾属于高台民居的？

有文字说，高台民居的维吾尔族名称叫“阔孜其亚贝希巷”，意为“高崖上的土陶”。一门易碎的艺术。高台民居以此命名，是否也因此而成为一座琳琅满目的艺术殿堂？

没有文字记载答案，而答案也并非我惟一想要寻找的。想象力还在飞舞。如果幸运，我将在天亮后的游走中获知得更多。

清晨七八点，喀什被阳光照得透明亮丽。我忘记了时差，早准备好出发，可喀什还浅睡在它最后一段晨梦里。

9 点钟，终于上路了。喀什——阳光之城，开始舒展它美丽的面容。

在清爽的晨光里徜徉，发现了一处景致，它让我感到迷惑：在城市众多灰色的建筑里，它的黄色外表显得格外跳跃和另类。它的造型，像是被行为艺术家堆砌在一起的盒子，那些由长方形平面构成的、封闭起来的“盒子”充满神秘感。时而有蒙着面纱的女人，或是白须老者、小孩从“盒子”里走出来、走进去。我猜测这是一些房屋，却又不能肯定。上午的阳光越来越强烈，这座建筑的泥土的质地也越来越明显，使它的周身都弥漫着极为远古的气息。更为神奇的，是这些泥土吸附了阳光的色泽后，又散发出金色的光芒，像是从童话故事里走出的一座金色城堡。

我站在东湖的桥上眺望它，某种记忆正在脑海里复苏。眼前的画面渐渐和一幅我记忆中的照片叠加，然后重合在一起。高台民居？

没错！我面对的这座城堡，我眼前迷人的童话，正是高台民居！

一件美轮美奂的艺术品！

我欣赏的那些泥土，粗糙而深沉，构筑起高台民居的平实和质朴，在城市中稀释着现代人的浮躁与不安。

本应是一次寻找，却更像是一次偶遇。

在以后几天的采访中，我都曾像这样眺望高台民居。平面、直线、泥土、阳光、金色，组合成一个梦境般闪亮的童话。

可惜已经很久没读童话了，心中那片纯净的乐土似乎被某种繁杂侵占着。而此时此刻，看到高台民居的第一眼，我竟意外收获了这样的童话！仿佛整个世界又可以因简单而快乐，因单纯而美丽了。

走进这个“童话”，必须由向导带路。高台民居里崎岖交错的小巷，随时会搅乱一个初来乍到者的方向感和对路线的记忆。采访的前两天，我的向导是喀什当地的一位老人。这位“向导老人”有点特别，他迷恋高台民居，以自己的方式调查和记录了高台民居的许多手工作坊和许多户人家。他熟悉巷子里的人，巷子里的人也熟悉他。

“向导老人” 曾听高台民居里年龄最大的土陶艺人买买提·阿西木讲起高台民居千百年前的情形：

1000年前，维吾尔族的先民来到这处黄土高崖定居。800年前，一场洪水把高崖冲断。

从此高崖就分为南坡和北坡。南坡的阔孜其亚贝希巷就是现在的高台民居，北坡是现在的喀什老城。

北坡曾经是喀喇汗王朝的王宫所在地。

南坡上曾发现一种“色格孜”土，可以做成漂亮的土陶。

北坡生活着贵族，南坡生活着匠人。

南坡的人做花帽、织地毯、做缝纫、做土陶、做铜器和铁具，供应北坡上贵族的生活需求。

北坡的国王曾得到伟大诗人玉素甫进献的不朽长诗，但北坡的宫廷也曾发生宫廷政变，让伟大的学者穆罕默德流亡异乡。

南坡没得到过进献，但也不曾让任何生长于此的人无家可归。

很幸运，“向导老人” 探听到了过去的故事。当然，买买提老人只知道自己居住的南坡叫阔孜其亚贝希巷，而不知道它的新名称是“高台民居”。他雪白的长胡子和深陷的、混浊的眼睛可以证明他沉浸在过去。这位 95 岁的老者，是高台民居里惟一记得历史的人。

我走在布满阳光的旧巷里，看到高台民居的老人是那样安详，小孩是那样快乐，男人是那样坦诚，女人是那样从容，于是明白了：那些简单的、质朴的、宁静的、温情的、宽容的、平等的，才是属于高台民居的；那些繁琐的、华丽的、喧杂的、无情的、苛刻的、不公的，则属于另外一个世界。

走到一个小巷的交叉口，看到一个赤脚的中年男人，站在一堆湿泥上，用力地踩。泥土看起来很结实、很粘的样子，踩泥人的衣服已经被汗湿透了。

踩泥人是位土陶艺人，这些土是用来做土陶的原料。他看到我这个来访者，便停下工作，很友善地与我聊天。

他说，这些土是从外面买回来的，一手扶拖拉机的土需要 50 元人民币，运到高台民居就用筐子一筐一筐背上来。

我问，高台民居里没有土了吗？

他抱着肩膀，笑笑说，没有了，早就没有了，用完了。

“用完了”，真像一句可怕的咒语。赫赫有名的“高崖上的土陶”竟是一个没有土的地方！曾经是千百年来赖以生存的资源，今天，已经被用完了！

我拿起相机，拍下了他工作的样子。他脚下的泥，让我感到心情沉重。

这是高台民居给我讲述的一个伤感的寓言。

现在高台民居里的土陶作坊已经不多，而且会越来越少。如果时间倒退几百年，就可以在高台民居的生活中随时看到土陶。饭碗、水桶、烛台都是土陶做成的，价钱十分便宜。现在，土陶生意很冷清，几乎要退出生活，晋升为需要珍藏的艺术品。

当土陶被束之高阁，一种古老手工艺的历史价值被提升出来，一种维吾尔族人最熟悉的生活习俗却渐渐失落下去。

我找到了吐尔逊·肉斯坦，他是一个有点怪的人，不记得自己的年龄。但他的土陶手艺是高台民居里最高超的。他的眼睛，一说到年龄就很迷茫，一提起土陶就闪闪发亮。吐尔逊希望自己的儿子也学会做土陶，但他的儿子在喀什体育学校读书，从不学做土陶，因为他将来不想从事这一行。他的梦想是踢足球。

吐尔逊站在自己儿子旁边，身影显得瘦小而孤单。

既然土陶不能跟随高台民居进入新时代的生活，那么，就让新时代的年轻人作出更好的选择吧。

过街楼是高台民居里的奇观。看到一间房子毫无依托地腾空而起，总会有些担忧，可里面的人却从不这样想。虽然过街楼是从小巷的一侧跨到另一侧，悬在半空的，做支撑的只有几根粗糙的杨木，里面的人却一样能够睡得很安稳。对高台民居的人来说，只要能住在高台民居，只要能和自己的父母、手足一起生活，吃什么睡什么好像都不重要。

恋家带给高台民居温馨，同时也带给高台民居居住空间上的负担。现在高台民居已经十分拥挤。

尽管如此，依然有新的房屋正在兴起。转过一个拐角，碰巧看到一座还没竣工的新屋舍。

主人站在新家的门口，用不太流利的汉话跟我说："原来的旧房子嘛，泥筑的，太老了，拆掉。这个新房子嘛，比那个大，好。"

从他趾高气扬的表情，我能感觉到新房带给他的欣喜。但同时，也一定会有人感到内心作痛。

为他拆掉的老房子，为他拆掉的是历史的过程。

但我也反问自己：如果把那位主人换成是我，我会如何选择？现代性的蜕变正悄然进行，痛苦却又看似必然。

泥筑的墙、泥抹的地、泥搭的顶，高台民居的泥土并非只是自然的一部分，它还属于历史，属于文化。交河故城空了，高昌故城废了，高台民居闯过无数风雨，走到今天仍泰然自若，那些泥土，已变成了一种荣耀。

拆掉旧房子，就拆掉了历史的真实，拆掉了承载高台民居人文的基座，拆掉了维吾尔族生存哲学的来源，拆掉了文化探寻者的梦想。

到那时，所有对高台民居历史的描述即使再详尽也显得苍白无力。

也许，泥土来自大地最终也会融入大地，但任何一种形式的消失都抵不过在人为中所带来的伤痛。

那么，谁来做历史文化的挽留者和守护者？

我拍下了那个未完成的新房。照片洗出来后，可以清楚看到，画面右侧是新房，左侧是一座泥筑的老屋，老屋的墙上有雨后留下的雨痕，像向下流淌的泪水。

巷子里的门大多关闭着。维吾尔族注意生活的私密性，这是源自他们的信仰——伊斯兰教的一种意识。

现在有一些住户是开放的，可供游人参观。

而那些紧闭的门似乎有更大的诱惑，门里面的世界透着神秘。可无论如何，我不能为了自己的采访就去打扰他们，只是轻轻地路过很多紧闭的门。

正走着，巷子里的一群小孩“发现”了我，叽叽喳喳地向我围过来，要我给他们拍照。我当然乐意，先是一个一个地拍，然后是几个人一起拍。他们看到相机里的自己，都无比快乐，声音一阵高过一阵。

这时，一扇门打开了，一对双胞胎小姐妹站在门槛上，各自向我摆出“舞蹈”姿势，她们不说话，默默的。我马上拿起相机拍照，然后把定格的画面拿给她们看。

她们看了，脸上的表情却不同于其他小孩，没有笑容。我正感到纳闷，其中一个就伸出她的小手，捻着手指。

要钱？

噢！原来是一个美丽的陷阱。

我忍不住笑了，拿出 1 张 10 元钱，蹲下来，放在小女孩手里。

小女孩突然摇头，用不熟练的汉语说：“1 块钱，1 块钱。”

她的意思是：她不要 10 元钱，1 块钱就够了。

单纯的小孩子啊！我忍不住把小女孩搂在怀里，轻轻地抱了抱。

她们的母亲从院子里出来，忙把她们叫回院子，并示意小女孩退回那张钱。

我对“母亲”微笑了一下，准备继续走我的

路了。

“你好！”一个声音叫住了我，我回头，原来是那位母亲的声音，她在召唤我。

她敞开门，请我进去。

我很意外，也很惊喜。

走进她的庭院，满眼看到的都是花草。“母亲”十分热情，拿出酸奶子和点心，并请我参观她的住宅：墙壁上布满花纹和雕饰，室内的壁龛里摆着漂亮的餐具和《古兰经》，地上有华丽的地毯。一个房间里摆着一对雕刻精美的大箱子，那是她的嫁妆。我参观完一遍，对她的家赞不绝口，“母亲”很满意。她给我数她种了多少盆花，数到五十几的时候还没数完，连她自己都有些惊讶了。

维吾尔人的生活就是如此，随时把生活上升为艺术。

和那位母亲告别时，她仍坚持要把10元钱还给我，最后我只好依她的意愿了。我把包里的巧克力拿出来，送给两个小女孩，作为礼物。

这是高台民居，一个给我无限善意的地方。她们的门是紧闭的，心却是敞开的。

很多天，很多人，很多事。高台民居让我读懂了它。当我结束了在高台民居的游走，站在东湖的桥上再次眺望它时，它的安详气韵征服了我内心的焦灼和陌生感，我已经可以理解它的美丽与哀愁。

5000个买买提

文 / 刘亮程

摄影：文焱

巴扎日，站在库车河大桥上喊一声“买买提”，至少有5000个人会答应。

维吾尔人重名多。无论走到南疆哪座城镇、哪个乡村，都有许多叫库尔班、司马义、玉素甫这些名字的人。

叫买买提的人就更多了。

库车老城短短的一条小街上，就有几十个做生意的买买提。这么多买买提怎么区分呢？我的维语翻译库尔班·买买提是县政府退休干部，他父亲就叫买买提。维吾尔人的起名习惯是把父亲的名字缀在后面。库尔班在库车工作生活了几十年，他认识的买买提就有上千个。一天我们转累了，在老城街边的“买买提饭馆”吃烤包子，然后就听他讲起有关买买提的故事。

这家饭馆的老板就叫买买提，你看，脖子上搭条毛巾，又黑又壮的那个，人们叫他“喀拉买买提”，意思是“黑买买提”。那个倒茶的伙计，白白胖胖的，都叫他“阿克买买提”（白买买提）。街对面那两个卖馕的买买提，一大一小，大的叫“琼买买提”（大买买提），小的叫“克齐买买提”（小买买提）。大家都这样叫，他们也就接受了。要不然没办法，叫一个买买提，过来一群。还有按职业来区分的。街南边，那个小巷子里打铁的买买提叫“铁匠买买提”，整天穿着制服，在街上收税的买买提叫“税务局的买买提”。斜对面的市场里，一排坐着5个鞋匠，其中有2个买买提。如果都叫“鞋匠买买提”，便又分不清了。其中一个正好从轮台来的，人们就叫他“买买提比古勒”（轮台的买买提）。

更多的是以外号来区分。这条街上几乎每个人都有外号。

街那头，拐过去那条小巷子里，有个做驴拥子的买买提，有名的“酒鬼”，做一个驴拥子，能喝掉两瓶酒。他的驴拥子顶多能换回酒钱。所以，做了大半辈子皮活儿，还是个穷光蛋。

他做驴拥子时，酒瓶子酒碗放在身边，缝几针，喝一口。一拃长的大铁针，穿上鞋带一般粗的皮条线，针用得发烫了就伸进酒碗里蘸一下。买他的驴拥子根本不用看，鼻子凑上去闻一下，一股酒香气压过皮子的膻臊味。这样的驴拥子驴爱戴，人自然也喜欢买。有趣的是，买买提酒喝得越多，皮活儿做得越细。两瓶酒下肚，身子不晃，手不抖，针脚走得又匀又细，驴拥子上的酒香味也更足。人们给他的外号叫“肖旁”（酿酒房）——买买提肖旁。

早几年，街上有个卖烤肉的买买提，每逢巴扎日，他的烤肉摊前便摆满卖衣服杂货的地摊。他发现有个卖“卡拉西”（套鞋）的——当地的维吾尔人喜欢在鞋或靴子外套一双鞋（主要为了保护皮靴子），生意特好，他卖十串烤羊肉，人家就卖两三双套鞋，他过去一打问，人家卖一双套鞋挣的钱，比他卖十串烤肉的利润还高。买买提一下子动心了，烤肉炉子停掉，租了辆卡车，从乌鲁木齐贩了一车“卡拉西”，堆在烤肉炉子旁叫卖。

这一车套鞋把买买提套了进去，他进价太高，没人要。他嗓子都叫哑了也没卖掉几双。全库车人都知道这条街上有个卖烤羊肉的买买提，卸了一大车卡拉西在卖，却没人过来买一双，人们给他起了个外号叫“卡拉西”。尽管他现在早不卖套鞋，又架起炉子卖烤肉了，人们还这样叫他，恐怕要叫一辈子了。

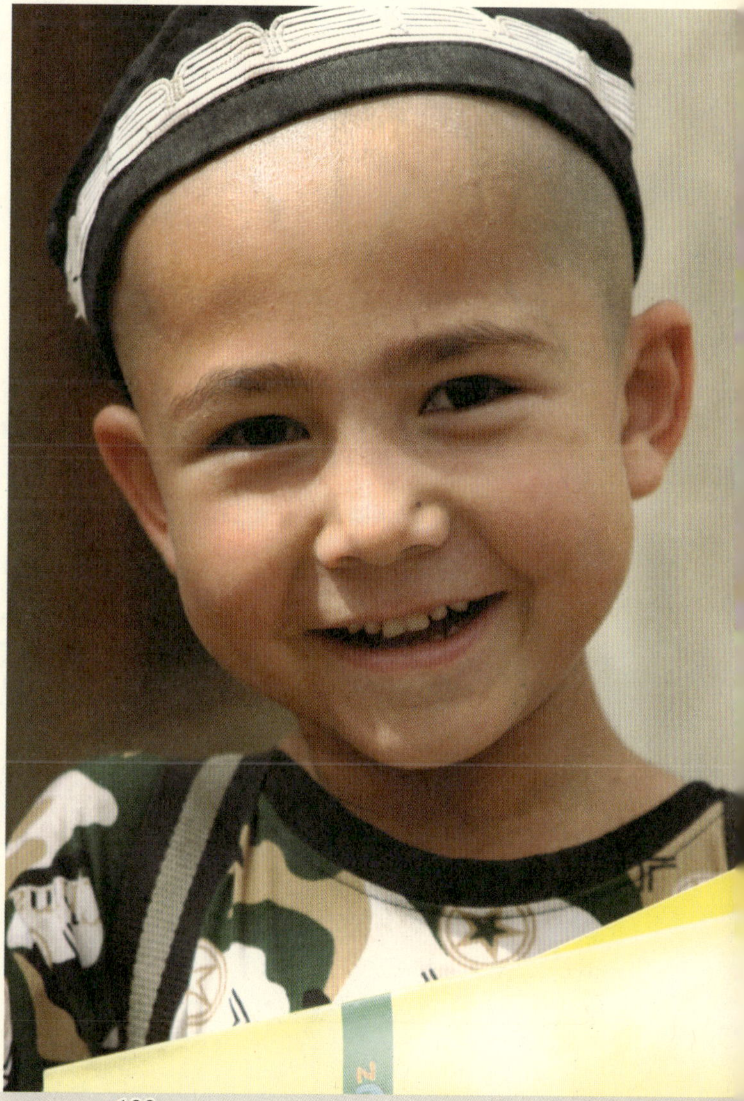

还有一些买买提，名字后面缀上自己妻子的名字，就像买买提·阿依古丽、买买提·热依汗，都是些没特点的买买提。一没特长，二没缺陷，不好区别。妻子的名气都比他大，只好把妻子的名字带上，不然就混到千万个买买提中找不见了。

和田采玉奇俗

文/保和

和田玉按成色和品质，分为羊脂玉、白玉、青白玉、青玉、墨玉、碧玉和昆仑玉7种，也是7个品级。以羊脂白玉为最上乘，通常所说的和田玉，以羊脂玉和白玉为代表。

按采集地点区分，有两大类，山中矿脉上开采而来的叫做“山料”，河道中采集到的称为“仔玉”。

万山之祖的昆仑山中，常有玉矿外露，有经验的祖传采玉师傅，也可以根据山形地貌，推测出山石下面藏玉的地点。古时候，和田玉的采集以河道中或河流上游的沿河一带的寻拣捞采为主，大多是呈卵石状的仔玉（无论大小），少有经凿剥和爆破而得的岩石状的山玉。

清朝末年，从天津杨柳青来了一位姓杨的年轻流浪汉，先给别人当帮工，饱受欺辱，后来顿开茅塞，凭着他特有的智慧和勇气，独身逆玉龙喀什河而上，在深山中九死一生，终于在现属于田县境内的昆仑山深处，发现了和田玉富蕴带。新中国成立以后，和田成立玉石矿，为全民所有制单位，矿区就在此处。大家仍习惯性把这个矿区叫做“杨家坑”。玉矿不像煤矿那样呈层带状，而是一窝一窝的，找到一窝，不断地采掘，就成了矿坑，故当地人把玉矿叫做坑。和田玉矿还有一个矿点叫做戚家坑，目前开采的主要是这个矿坑，经过一百多年的开采，已掘下五十多米深，仍不断地有上等美玉被开采出来。

山料一般体积较大，出矿石多，因为是使用钢钎或炸药开采而来，形状为不规则的岩石状，而且也没有玉的脂感和光泽，只有懂行的人才认得出那是玉，不懂行的人会以为那是一堆普通的石头。但是经过雕琢加工，其效果与仔玉无异，大行家们只能从玉器的纹路、水头、蒙皮上分辨出其原料来自山料还是仔玉，小行家是没有这个本事的。

在河道中和冰川堆积物（其实就是昆仑山山岭间和前山区的硬石戈壁）中采集的仔玉，成色好、“水头”足，质地纯匀细腻，洁白坚硬，光泽奇幻神妙，价值是山料的十倍、百倍。自西向东，从与印度接壤的喀喇昆仑山东段的阿尔金山，都有和田玉矿脉。好像有谁特意安排好了似的，西部和东段的玉石品级较低，以青玉、昆仑玉为主，而把最好的羊脂白玉和白玉藏在了昆仑山的中部。从这里流下了两条大河，一条叫做玉龙喀什河，也就是白玉河，在和田城东2千米的地方流过，这条河里盛产羊脂玉和白玉；而在它西边20千米的地方流过的喀拉喀什河（也叫墨玉河），却盛产幽黑润泽的墨玉。这两条河相距如此之近，玉石却黑白分明，你说奇不奇？

每年5~7月份的洪水季节过后，当地人

便到河道里去采玉。

人们手拉手在湍急的河水中艰难行进，赤足在冰冷的水中探寻玉石，这叫做“踩玉”，凭的完全是人的心灵与天地精灵之间碰撞、沟通的感觉。

人们潜入积水中，闭着眼睛憋着气在水底探摸玉石，这叫做“捞玉”，凭的也是感觉。

人们手牵驮着行装和干粮的毛驴，徒步在满是卵石的河道里苦苦寻觅玉石，这叫做“拣玉”。这是人们最常见的方法，凭的是勤苦和运气。

古书记载，古时候每当洪水过后，于阗国国王便在白玉河畔举行盛大的祭典，之后，国王与公主先行下河寻玉，然后全国百姓方能拣捞之。

不用担心国王和公主运气不佳拣不到玉，反正不管用什么办法，都会让国王和公主下河不一会儿就能有消息传出：“国王和公主拣到了上等的羊脂玉了！”于是全国一片欢腾，百姓们大呼小叫，争先恐后地涌下河滩。

公主率先下河采玉，这在内地人看来有些不大理解：贵为国之公主，怎么能在光天化日之下，众目睽睽之中，解衣脱鞋，丢人现眼去干那种苦力人的营生呢？

其实无论古代还是现代，新疆南部的女性因为不受中原封建礼教的束缚，思想开放，举止洒脱，热情豪爽，敢爱敢恨，绝没有中原女子的忸怩作态。

新疆南部并不是像许多人想象的那样，严酷的自然环境只能孳生一些皮肤粗糙、相貌丑陋的人。新疆南部的水土却偏偏滋生了长相十分标致的当地人，男子大多相貌堂堂，女子个个皮肤白嫩、身材窈窕、明目皓齿、发黑鼻挺，加之风情万种，自是举目皆见美人。

古时生活在新疆南部的主体民族是操印欧语系东伊朗语支的塞种人，他们非但不歧视妇女，还把妇女当作天地尤物，美的化身，颇有古希腊人的风采。

如此说来，公主下河采玉完全算不了什么，更有甚者，古时和田还盛行美女裸体下到河里捞玉的风俗。明代的《天工开物》记载：“……其地有名望野者，河水多聚玉，其俗以女人赤身没水而取者，云阴气相召，则玉留不逝，易于捞取，此或夷人之愚也。”

迂腐不堪的老夫子当然不会理解：当地人用美的化身——女人体，去招引天地灵气的凝晶——玉石，这是一种极富浪漫色彩的理念。老夫子只能从中原人的观点出发，鄙夷地把这说成是“或夷人之愚也”了。

不过，这个最富美的诱惑的情景如今早已绝迹了。

阿勒泰草原上

哈萨克族古老的部落

文/阿不都力江·赛依提

哈萨克民族是一个有着悠久历史的古老民族，她由古代许多部落和部族逐步融合而成。主要生活在伊犁、阿勒泰草原的部落有塞种、乌孙、克烈、乃蛮等。

塞种

塞种人为哈萨克族的族源之一。据汉文史籍记载，塞种人原名“允戎”，世居敦煌，后被月氏排挤而西迁，游牧于天山以北，包括阿勒泰到巴尔喀什湖以东和以南的广大地区。

摄影：向京

在哈萨克族中，包含有不少古塞种人的成分，如哈萨克的克普恰克、阿尔根及其他部落中都有“支尔塞克”“别斯塞克”“波尔塞克”“卡尔塞克”等氏族部落。说明这些氏族部落都是塞种人后裔。又《汉书·西域传》在涉及到哈萨克族的主要源流之一的乌孙时亦云：“乌孙民有塞种、大月氏种云。”这也说明哈萨克族中有古代塞种人的成分。

乌孙

乌孙历来被认为是哈萨克族的先民，是组成哈萨克族的主体部落。乌孙部落现在是哈萨克大玉兹的主体部落。

乌孙是我国一个以游牧为主的古老的部族。公元前2世纪至1世纪崛起于我国西北地区，后在伊犁河流域建立了一个举足轻重的政权。

据《史记》和《汉书》记载，乌孙在西迁伊犁河流域之前，游牧于敦煌、祁连之间（今河西走廊一带），为“匈奴西边小国”，其有史可考的首领名叫难兜靡。在难兜靡为首领时，乌孙为强邻月氏所攻，国破家亡。其时，难兜靡之子猎骄靡（后来的昆莫）刚刚诞生，为匈奴单于所收养。

公元前162年至公元前161年，在匈奴老上单于支持下，昆莫率军向西大举进击，攻破当时在伊犁河流域居住的大月氏，一部分大月氏人继续西徙；一部分人则留在原地。昆莫收取大月氏人余众，留居伊犁河流域。此后，乌孙人口激增，势力逐渐强盛起来，建立了一个地域广大、国力强盛的地方政权。其地东接匈奴，北抵康居，西达大宛，南连城郭诸国。政治中心在赤谷城。昆莫分设各官，管理全国。乌孙最昌盛时，拥有 12 万户，人口 63 万，胜兵 18.88 万人，是西域最强大的“行国”。

伊犁河流域的乌孙人与中原地区的政治、经济和文化联系极为密切。早在汉武帝时，通过细君公主、解忧公主和女使冯嫽与乌孙昆莫、大将联姻，并与汉朝建立了隶属关系，抗击了共同的敌人。此后 400 年内，乌孙与中原封建王朝友好往来，和睦相处，为保卫东西方之间的交通要道——丝绸之路，作出了重大贡献。

摄影：向京

克　烈

克烈是今哈萨克族中玉兹的一个大部落，主要居住在阿勒泰地区，另外塔城、哈密、昌吉等地区也有。但克烈部早在蒙古兴起之前，便闻名于世。辽金时期，克烈部游牧于杭爱山与肯特山之间的鄂尔浑河和图拉河流域，西与篾儿乞惕和吉利吉斯部为邻。当时，克烈是人口众多、势力强大的部落，其首领是王罕。王罕是与成吉思汗同时期的人，曾与成吉思汗的父亲也速该把秃儿结为兄弟。也速该把秃儿死后，成吉思汗对王罕十分敬重，以父事王罕。后来，克烈部王罕常与成吉思汗的蒙古部结盟攻打鞑靼、篾儿乞惕部，但这种结盟为时不长便告决裂。不久，成吉思汗率军攻破王罕，夺取了克烈部的大部分领地。一部分克烈部迁至西部领土（今哈萨克斯坦），这部分西迁的克烈部后来成为哈萨克族的组成部分。

乃　蛮

乃蛮部是今哈萨克族中玉兹的一个大部落，主要分布在我国新疆阿勒泰、塔城和伊犁 3 个地区。

乃蛮部的历史也很久远，是古代突厥诸部之一。辽金时，乃蛮部与古代突厥诸部一样，游牧迁徙。他们的主要居住地是大阿勒泰、哈喇和林、可可雷昔剌思山和阔阔也儿的石山等。乃蛮与乞儿吉思、克烈、畏兀儿为邻（拉施特《史集》第一部第一分册，中译本第 224 页）。

1204 年，在成吉思汗征服克烈部之后，乃蛮王太阳汗联合篾儿乞惕部和脱黑脱阿札答兰部的札木合等，策划攻打成吉思汗部。由于有人告密，成吉思汗先发制人，突然袭击，将乃蛮部、篾儿乞惕部击溃，太阳汗被杀。1206 年，成吉思汗又突然袭击乃蛮不亦鲁黑汗。乃蛮部毫无准备，不亦鲁黑汗被擒，领地被占，部众四散，有不少逃至额尔齐斯河流域和别失八里等地，这些乃蛮部后来都融合到哈萨克族中。

哈萨克族婚礼进行曲

——《劝嫁歌》《哭别歌》《揭面纱歌》

文/贾合甫·米尔扎汗
阿不都力江·赛依提

哈萨克人的婚礼是在歌声中举行的，从订亲到迎亲，无处不伴随着歌声。如果您有幸在阿勒泰草原上碰见哈萨克族结婚的仪式，一定要从头到尾地参加，您不仅能分享他们的幸福，更会为他们的歌声所陶醉……

哈萨克族的婚礼与其他民族不同，从说亲到完婚要经过一系列仪式，哈萨克族称为“托依”。这类仪式在女方家举办4次，即说亲、订婚、送彩礼和出嫁仪式；在男方家举行2次，即吉尔提斯仪式和迎亲仪式。这些仪式的规模大小，主要根据男女双方的经济状况而定。

说亲仪式

说亲时，儿子不去，只有男方父母或亲朋好友携带礼物前往女家。如女方有意，则收下礼物，并宴请男方客人；如果双方都满意，即商定订婚日期。

订婚仪式

这是婚礼中的重要仪式之一，在女方家举行。是日，男方父母及近亲带上一匹马和其它一些礼品到女方家，女方家邀请亲戚朋友和邻居参加。女方家接受了男方父母送来的马和衣料等物品，就表示订了亲。

订婚之日，女方家要宰羊款待。一般要挑选

摄影：向京

红毛白头或黄毛白头羊宰杀，切忌宰胸部有黑毛的羊。宰杀红毛白头羊或黄毛白头羊，表示以赤诚、纯洁无瑕的心来订亲。

送彩礼仪式

在送彩礼的这一天，未婚夫在一位小伙子的陪同下，驮着彩礼前往女方家。男方父母及姑、舅、姨等近亲同往。在离女方家三五百米的地方时，未婚夫要下马回避，不能随父母及亲戚一同进女方家的门。这时，女方前来迎接的年轻人接过未婚夫的乘骑，驮着彩礼向女方家飞奔而去。女方的姑母、亲朋在毡房外，热情地迎接男方来客。女方姑娘的嫂子（亲嫂或堂嫂）就带领一伙年轻女性一路嬉笑着去迎接未婚夫。未婚夫在女方妇女的陪同下来到女方家门口时，女方的一位德高望重的老年妇女向新郎身上撒“喜食”（哈萨克语称“沙修”，即糖果、包吾尔沙克、奶疙瘩等食物），在场观看的小孩和青年男女抢着去捡抛在地上的食品。撒“沙修”是表示向新郎祝贺，祝愿新郎生活幸福美满。然后女方主人把新郎领进事先安排好的小毡房里招待。这一天，女方家宰杀羊只招待所有来客和未来的女婿。宴席间，弹唱冬不拉、对歌、跳舞，欢庆一番。第二天吃过早饭后，女方选两三位有经验的妇女，打开男方送来物品展现在女方父母亲友的面前，任凭大家观赏，评论这些彩礼是否符合要求，是否符合男方的经济情况。如果彩礼不够理想或不够齐全的话，她们就代表女方家向男方家提出补充彩礼的要求。哈萨克人把这一仪式叫做“吉尔提斯阿修”，即“验收彩礼”之意。另外，男方还要给女方的父母、兄弟、姐妹等近亲赠送衣服、衣料等礼品，同时要给女方的母亲支付一笔喂奶费，一般以牲畜计算，多少视经济状况而定，还要带来举行婚礼时女方招待宴客的羊只等。

这一天，未婚夫与青年男女在另一毡房欢聚（也可与父母亲友同在一处），但未婚夫与未婚妻彼此不能说话、接触，只能互相默默对视。晚上留宿时，未婚夫单独在一顶毡房里就寝，当夜深人静时，人们都安寝后，姑娘由嫂子陪伴着来到未婚夫就寝的毡房，未婚夫有权享受“恰西赛帕他尔”，意即“可以成婚同房”。这时，未婚夫要向嫂子赠以厚礼答谢她成全之意。

送彩礼仪式后不久，姑娘便远嫁他方。

出嫁仪式

一般选在秋天，仪式十分隆重。这种隆重的婚礼，往往成为整个氏族部落举行大规模文娱活动的机会。在举行出嫁仪式期间，要举行赛马、叼羊、姑娘追、阿肯弹唱等活动，热闹两三天。

婚礼前一天的晚上，女方家宰杀准备好的羊只，招待宾客。晚上，一般举行对唱活动，对唱者一般是年轻妇女和年轻男子。两个妇女为一对，两个男子为一对，相对而唱。这样的对唱分为几组，同时进行。对唱的内容包罗万象，不拘一格，歌词即兴编唱，以问不倒为胜。有些则边弹边唱，气氛十分热闹。这种对唱，多通宵达旦。

在举行仪式的第一天，女方父母要准备一顶新的小毡房，放上陪送的嫁妆，并请来部落中的一位年长而有声望的老人为新娘致祝辞，祝她婚姻美满幸福。新娘从这一天开始至离家出嫁，要和姑娘们围坐在一起，用幔帐遮挡面庞。

当天，新娘的至亲密友用一种固定的“萨

仁”曲调对新娘唱歌，歌词大意是夸赞新娘，劝新娘不要悲伤，男娶女嫁本是人生必经大事。

一听到《萨仁歌》，出嫁的姑娘就坐在陪送的毡房里帷幔后面哭泣。唱《萨仁歌》的小伙子到新娘毡房门前下马，掀开毡房下毡的一角，转唱“加尔，加尔”（《劝嫁歌》）曲调。这种歌曲调轻松愉快，语言风趣诙谐，以劝说新娘为主要内容。歌词大意是：

◘摄影：向京

我要用加尔——加尔来开头，
加尔——加尔
请你倾听我唱的加尔——加尔，
加尔——加尔
姑娘出嫁是祖先传下的规矩，
加尔——加尔
望安拉保佑你，
加尔——加尔
你像巢里白色的雏鹰，
加尔——加尔
你所去的地方幸福美满，
加尔——加尔
你的公婆是你今后生活的靠山，
加尔——加尔
……

唱到此时，站在门边听唱的老人们，都不约而同地双手搭胸，齐声祝福：“阿明，阿明，愿你的祝愿实现。”此后，陪新郎的小伙子可与毡房内的姑娘和年轻的妇女对唱。毡房内的年轻妇女可以代替将出嫁的姑娘用“毕克木”的曲调来对应。唱词每句的最后都有“毕克木”一词，回答小伙子在“加尔，加尔”歌中所提出的问题。歌词大意是：

我的红披巾随风飘扬，毕克木，
谁能理解我的心事和忧伤——毕克木。
婆婆好了可以理解我，毕克木，
否则会把我置于死地说是懒婆娘——毕克木。
水里飘浮的柳条哪有重量，毕克木，
我在父母的娇生惯养下成长——毕克木。
虽说婆婆是他人的长辈也是我的长辈，毕克木，
哪能比得上我的亲爱的父老尊长——毕克木。
……

唱“加尔，加尔”的仪式结束后，新娘当天并不去婆家。新娘离开自己的家前由阿吾勒一位德高望重的老婆婆，把唱《萨仁歌》时陪伴新娘坐在床幔前的4个媳妇或姑娘披戴过的头巾，盖在新娘的头上。新娘一戴上头巾，要立即独坐哭泣起来，不住地哭道：“再见啦，故乡！再见了，亲人们！”然后，新娘唱着《哭诉歌》，倾吐对亲人和故土的留恋，对未知的新生活的忧虑：

我的新房将安置在什么地方？
那里像不像这里水草丰旺？
我就要离开生我养我的阿吾勒，
去那人生地疏的异地他乡。
愿未来的生活称心如意，
可公婆怎能像亲生父母一样。
何日再见你们慈祥的面庞。

新娘快唱完《哭诉歌》时，由两个年轻媳妇

搀扶着来到父母、兄弟、姐妹面前一一哭别，唱"阔尔斯"《哭别歌》，然后，新娘倚门哭泣，动身前还要向亲朋哭别。歌词大意：

门前的小山坡啊，
牛羊离不开你。
可爱的故乡，亲爱的人们，
我怎能忘记他们的情义。
门前的柳树林啊，
我常在你的绿阴下乘凉。
我的好哥哥呀，
你怎么忍心让我离去。
天鹅被驱离了湖泊，
马儿被赶离了草原。
我的父兄们呀，
怎么狠心把我换取金钱！

也有的歌词唱出了与父母及亲人依依难舍的情景。

新娘唱完"阔尔斯"后，即在伴娘的搀扶之下，在妇女们的簇拥之下，和父老兄弟及亲人们一一拥抱，挥泪告别。当姑娘每和一个亲人拥抱时就要对他（她）唱一段"阔什塔斯"（《告别歌》），歌词大意是：愿山梁上空春常在，愿父老乡亲皆平安，愿密林流水永常在，愿草原上的部落无灾难。以此表达自己美好的祝愿。父母也向女儿唱了《送别歌》。

然后新娘即由哥哥或弟弟扶上马，送行。姐夫和新娘同乘一骑，送一程后姐夫再回。新娘上马后，一般不让哭唱，不让多停留，也不让再回头看，意思是不让新娘过于眷恋家乡，要一心一意跟随丈夫生活。

驮嫁妆的骆驼的缰绳上，要拴两块色布，这叫"图叶姆尔恩克"。路上，经过某个阿吾勒，这个阿吾勒的妇女要从家里端出食物和饮料，请陪新娘的人们吃后，才能再上路。在半路上，还会有人拉起绳子挡路对唱，索要喜品。新娘一行唱完歌，馈赠了喜品，才可放行。

迎亲仪式

在男方家举行，即为迎接新娘而举行的仪式。

新娘到新郎家里，新郎家要举行迎娶仪式。新娘被送进公婆家门时，由一个胳膊上系有各色布、手持嫩树枝的人唱"别他夏尔"歌，即《揭面纱》歌。歌唱完后揭开新娘的面纱，向众人介绍，并且向新娘劝诫、忠告。新娘向公婆等行礼，向炉火内倒油。油燃起时在座的人都口念"火娘娘，油娘娘，给我们把福降。"以此祝福新婚夫妇幸福。此时，人们争相观看和嬉逗新娘，新郎的母亲拿出带颜色的布块，撕成宽窄不等的布条，分给前来贺喜的人们。新婚夫妇合饮一碗由毛拉念过经的圣水，或由老人给新娘倒碗茶，并做"巴塔"（祝福）。

接着，新娘坐在刚宰的羊的羊皮上（哈萨克人认为坐在这种羊皮上生育顺利），主人给新娘端来一盘特意准备的羊肉，新娘先把盛羊肉的盘奉送给公公、婆婆，先请长辈吃肉，并屈膝施礼。得到公婆允许后，才能吃肉和喝茶，吃喝完，老人要给新娘做"巴塔"，然后举行各种活动，如叼羊、姑娘追、赛马、摔跤等。

晚上，新郎家要为祝贺新娘的到来举行晚会，盛情款待宾客。阿肯们弹起冬不拉，一边为新人祝福，一边歌唱新生活，赞歌一直唱到第二天破晓。

在草原上喝马奶

文／楼望皓

一到夏天，我就想起了喝马奶子。也许有人会问：马奶子也能喝吗？其实，我和你一样，在这之前也怀疑过，不知道喝马奶子，也不会喝马奶子。后来，我到了牧区，才知道马奶子的确是个营养丰富、醇香可口的大补品，城里人是难以享受到这种口福的。

盛夏，来到牧区，只要见到在哈萨克毡房不远的地方拴着七八匹马驹，那座毡房里准有马奶子，这家人肯定是“吉勒克齐”（哈萨克语：牧马人）。有一年，我和一位哈萨克族朋友按着这个经验，来到了一个牧马人的家里。果不出所料，在他们毡房门边挂的皮囊里，有已经酿制好的马奶子。那时，我还没有喝过马奶子，不知道它是什么滋味。那位哈萨克族朋友给我端过一碗，并告诉我这叫“克莫孜”（哈萨克语：马奶子），味道很好，营养丰富。我端过来一看，颜色比牛奶稍淡，再一闻，奶香扑鼻。我尝了一口，冰凉凉的，味略酸还有一点点淡淡的涩味，但口感很好。从那以后，只要到了牧区，我总要找些马奶子来解解馋。

马奶子是哈萨克人最喜欢的饮料，柯尔克孜、蒙古、维吾尔等少数民族也喜欢喝马奶子。到了盛夏，在天山北麓的伊犁、博尔塔拉、塔城和阿勒泰的草原上，只要有哈萨克人居住的阿吾勒，那里准有马奶子。一首民歌中唱道：“骏马遍山坡，马奶流成河”。在这个时候，假若你来到牧区，一定会让你畅饮一番。

有一年，我和一位哈萨克族朋友吃完手抓肉，他端上来一盆马奶子，足有六七千克。我们在草滩上喝了起来，他一碗，我一碗，边喝边聊，越喝越有味，真是痛快。那一盆马奶子竟让我俩在不知不觉中喝了个精光。不多时，我发现他的脸红了，他也发现我的脸红了。我们面面相觑，便哈哈大笑起来。我后来才知道，马奶刚挤下来是不能喝的，要经发酵酿制后才能喝，经发酵的马奶含有 1.5~3 度的酒精，所以也有人称其为“马奶酒”。不过，马奶子虽然含有少量的酒精成分，但不易醉人，连喝十几碗，也不伤脑。记得一次在温泉县洗完温泉澡，肚子很饿，恰好门口有卖烤肉和马奶子的，我们几个人都吃了十几串烤肉，喝了十几碗马奶子。那个舒服劲儿甭说了。回到宾馆，便陶然入睡。看来，马奶子的催眠作用是不错的。

在牧区住了几天，也目睹了牧民挤马奶、酿制马奶子的全过程。清早，牧民就去挤马奶，然后将小马拴起来，到了晚上再将小马放开。母马在晚间哺乳。白天，母马出外觅草，乳房发胀后便回来给小马喂奶。这时，牧民也提着奶桶等候“送奶”来的母马。一般是先让小马吃一点奶后，便将小马拉开，牧民开始挤奶；过后，再让小马吃奶；再拉开，再挤。这样反复几次。如此，牧民一天要挤六七次马奶。奇怪的是，母马特配合，很少乱蹦乱跳，有时只要一个人就可以完成挤奶任务。

把挤好的马奶放在用牛皮或是驼皮做成的皮囊、皮桶里，放入少许陈奶酒曲，置于保温处，使之发酵，每天要用木杵搅动数次。两三天后，就成了略带酸味、微喷酒香、清凉适口、沁人心脾的马奶子。元代诗人许有壬形容马奶子："味似融甘露，香疑酿醴泉"。清代诗人肖雄说它："其性温补，久饮不醉，能返少颜"。马奶子不仅营养丰富而且能消暑解渴，还是治疗肺结核、胃病的良药。正因为马奶子是香醇可口、具有一定治疗价值的饮料，所以一直受到哈萨克等民族的青睐。哈萨克人在喝马奶子时，还十分讲究使用"沙布塔亚克"（哈萨克语：木质餐具的总称）。从挤马奶、盛马奶子的木盆和木桶，到搅动马奶子的木杵、木勺，以及喝马奶子的木碗、木杯等，都是哈萨克族牧民用桦木做成的。据说，用桦木做的餐具盛马奶子，可使马奶子不变味，保持其醇香的味道。在喝马奶子时，要不断用木勺搅动木盆里的马奶子，这样才能保持马奶子的特色，使你越喝越想喝。有趣的是，有一种盛马奶子的木杯是连体的，两三个杯子并排连在一起，但只有一个把子，杯子的下部是相通的。有的木杯上还刻有或绘有花纹，做工独特而精美。用连体杯喝马奶子时要侧着喝，喝第一个杯子的马奶子时，并排连的第二个或第三个杯子里的马奶子会自动流入第一个杯子里。这种木杯有大有小，其容量也不一样。杯子的大小，都是根据马的年龄来命名的。如盛2~3千克马奶子的木杯谓"托纳塔亚克"（哈萨克语:4岁马），盛1~1.5千克马奶子的木杯称"库纳塔亚克"（哈萨克语:3岁马），盛1千克以下马奶子的木杯谓"托恩塔哈"（哈萨克语:2岁马）。牧民在使用木杯时，也往往因人而异。妇女和儿童大都使用小木杯，对客人和长者大都使用大木杯，表达了对客人和长者的热情、尊重以及哈萨克人好客习俗。世界上杯子的种类很多，但这种大小不等的连体木杯实属罕见。

哈萨克人喜欢喝马奶子的习俗，与他们饲养的伊犁马、哈萨克马、巴里坤马和伊吾马有着密切的关系。这些马除了有良好的速度、持久力外，还有叫人想不到的产乳能力，这为哈萨克族牧民提供了丰富的奶源。据《新疆家畜家禽品种志》介绍，成年伊犁母马除供幼驹哺乳外，每天可挤奶5.4千克。按牧民习惯挤奶期120天计算，每匹马可挤奶648千克。哈萨克马日挤奶量为4.4千克，而巴里坤马日平均产奶达7.74千克，在120天的挤奶期中，总产量达928.8千克。哇！快到一吨了，和一般母牛产的奶差不多，真是产奶大王呀！新疆的马一般在3周岁时性成熟，即可参加配种。一般体质好的马匹，到20岁仍能保持良好的配种能力。那么，一匹母马就可以为牧民提供至少近17年的奶源。马的妊娠期330天左右，4月份开始产驹，至7月份为产驹高峰期。这个时候是马奶子大量"上市"的季节，也正是"马奶流成河"的黄金时刻。如果您这个时候来到草原，家家户户马奶子飘香。别忘了，瞅准了门前拴马驹的毡房，那诱人醇香的马奶子，会让您沉醉在草原上。

摄影：文焱

泡在刀郎舞里的“老顽童”

文 / 张永忠

7月的一个巴扎天，毒日头火辣辣地蒸烤着塔克拉玛干肚子里的阿瓦提县。记者到县文化馆采访当地的“刀郎木卡姆”艺人。不大的馆长室里竟然挤了十多个维吾尔族老汉。花白的山羊胡，个个额头上的皱纹又深又密，像是用刀子刻出来的。陪同记者的县委宣传部的同志把馆长找了来。一问才知道，这些农民都是当地出了名的“刀郎木卡姆”艺人，其中还有被称作“歌王”“舞王”的呢。

“好了，现在，你们把皱纹里、胡子里藏的故事拿出来吧。记者同志要听呢。”接着，馆长把这番话用维吾尔语讲了一遍，说完，坐在一旁当起了翻译。

老人们叽叽喳喳地相互逗起乐来，一会儿你搡搡我，一会儿我捏捏你，活脱脱一群“老顽童”，一分钟都不愿意安静。

摄影：小雨

有生命的卡龙琴

我先说吧。我弹卡龙琴，叫阿不都卡德尔·穆萨，家在乌鲁却勒镇多浪村……你问我多大了？小得很，63（岁）。从爷爷的爷爷开始，家里人就弹卡龙琴，而且在这个地方很有名。我的爸爸只会弹热瓦甫，打手鼓。5岁的时候，我就会弹热瓦甫了，但是一直不会弹卡龙琴。闲下来，我好多次看到爸爸对着家里的卡龙琴叹气。

18岁时，县文工团把我招去，让我当了“刀郎木卡姆”的主唱。动乱的年月里，不让演唱“刀郎木卡姆”，改唱《大海航行靠舵手》。我被分配到县文化馆，爸爸受到了批斗。批斗回来，他把门顶紧，悄悄拿出爷爷留下的卡龙琴，让我和哥哥擦一遍，然后，我们3人小声唱“刀郎木卡姆”。对着卡龙琴唱，唱给爷爷听。后来，爸爸没有了，再没人对着卡龙琴唱了。

日子到了1978年，又可以大声唱

"刀郎木卡姆"了。可是，在阿瓦提，已经没人会弹卡龙琴了。我不甘心，背上爷爷留下的卡龙琴，打上一口袋馕，四处拜师学艺。后来，"刀郎木卡姆"演唱活动越来越多，每次去，我都想办法和弹卡龙琴的人套近乎，学习不同的弹奏指法。有些人心眼小得很，不给我讲，还说一些难听的话。我悄悄抹掉眼泪，想办法找他们的亲戚帮忙。这里抠一点，那里挖一点，比较后再想想有没有更好的弹奏方法。慢慢地，我弹得比他们都好了。1994 年，我就得了阿克苏地区"刀郎木卡姆"比赛演奏一等奖。

演奏"刀郎木卡姆"的乐器里，卡龙琴是灵魂。"灵魂"进步了，"刀郎木卡姆"才能更迷人。爷爷留下的卡龙琴只有 34 根弦，现在的卡龙琴是 42 根弦。我有个想法，给 42 根弦的卡龙琴再加上几根弦。我试验了一下，改造后的卡龙琴声音更好听了。

现在，大家都说我家是卡龙琴世家，我是阿瓦提县"刀郎木卡姆"的第六代传人。第六代里，只有我一个人会弹卡龙琴，我要让第七代多几个传人。我的 4 个儿子里面有两个会弹卡龙琴。前年，阿克苏地区艺校请我教卡龙琴，我去了。谁请我教卡龙琴，我都去，不给钱也去。

跳舞伙伴成"亲戚"

这群"老顽童"里有两个"舞王"：一个叫艾买尔·夏迪，77 岁；一个叫斯拉木·穆萨，78 岁。自我表扬一番后，他俩说，我们是亲戚。

有人较真，追问他俩的亲戚关系，他们就会"恼羞成怒"："亲戚就是亲戚，我们是兄弟，我们的老婆是姐妹。"其实他俩一个住拜什艾日克镇拜什艾日克村，一个住拜什艾日克镇托万克墩博依村，隔着 5000 米的路咧。要不是"刀郎木卡姆""介绍"他们认识，他俩说不定今天都不知道对方姓啥呢。

跳起舞他俩都能连跳两小时不歇脚。高兴了，跳；不高兴了，还跳。1985 年，县上举办改革开放以后首场大型麦西来甫活动，斯拉木·穆萨从早上跳到中午，又从中午跳到太阳落山。等活

◘摄影：小雨

动结束，到了半夜，他抱着奖牌才深一脚、浅一脚地摸回了家。1997 年，阿克苏地区和阿瓦提县大力推广"刀郎木卡姆"，斯拉木·穆萨跟着艺术团的屁股，一站不落地从这个乡跳到那个镇，一个半月没着家。跳得多了，朋友也就多了。这家管饭食，那家包住宿，等他回到家，居然吃不惯家里做的饭了。

两个"舞王"平时难得一见，可是他们的妻子却因为这两个"不顾家"的男人越走越亲。谁家里有个大事小情的，都会想起这门远亲，把对方请去帮忙。

唱出来的好姻缘

"歌王"阿不都拉·依玛穆尼亚孜，家住阿依巴格乡托万克柯坪村，今年 66 岁。他讲的故事里"撒"满了喜剧作料。

1958 年的一天，正和社员们一起在地里劳动的阿不都拉接到邀请，有一场"刀郎木卡姆"

请他去当主唱。他高兴坏了，一旁的社员围过来，争着抢着讨好阿不都拉，希望他能带上他们一道去。那时，文化生活贫乏得很，“刀郎木卡姆”几乎是惟一的娱乐方式。名额有限，阿不都拉掰起了手指头：昨天的早饭是谁给我送的？午饭我是在哪家吃的？对了，还有那香喷喷、流着油的抓饭，简直太好吃了。抓饭的主人一定要带上……那时的阿不都拉已经有了“歌王”的称号，请他去“刀郎木卡姆”上演唱的人时不时地会找上门来。叫谁去、不叫谁去，阿不都拉每次都搞平衡。这次带这几个，下次带那几个。但是从那次起，大家慢慢地发现，每次都少不了一个叫阿娜尔罕的姑娘。

分析来分析去，大家得出结论：阿不都拉掉进情网里了！

掉进情网里的阿不都拉再没爬出来，阿娜尔罕像蚕茧一样包裹住了他。

当阿不都拉从“蚕茧”中露出头来时，已是1974年了。阿娜尔罕撇下他和孩子，离开了人世。半年后，邻村有个叫吐拉汗的女人托人捎信给他，说她早就看上了他。可惜，当初他选择了阿娜尔罕。她现在仍然喜欢他，希望他不要拒绝。阿不都拉可高兴了，他怎么会拒绝呢？他们很快就结了婚。

和吐拉汗生活已经有31个年头了，现在的阿不都拉歌唱得更好了，人白白胖胖的，滋润极了。

摄影：文昊

寻找阿拉木罕

文/刘 枫

“阿拉木罕你在哪里？吐鲁番西三百六。”广为传唱的新疆民歌《阿拉木罕》，栩栩如生地描绘了新疆姑娘阿拉木罕的美丽：身材不肥也不瘦，眉毛像弯月，腰身像杨柳，小嘴很多情，眼睛能让你发抖……

阿拉木罕究竟是哪里人？有人说阿拉木罕是库车的“一朵花”，也有人说她是迪化（今乌鲁木齐）的一只“夜莺”，还有人说她是哈密最闪亮的一颗“蓝宝石”。

虽然没有人见过她，但她的美丽、聪慧、善良、能干却在哈密一带被广为传颂。至今，在哈密市陶家宫乡东栏杆村还有许多姓“阿拉木罕”的人，他们将先辈那段美丽动人的爱情故事，用歌、用诗、用画记录了下来。

摄影：文焱

阿拉木罕的后代

东栏杆村隐落在婆娑摇曳的树木中，一条弯曲、凸凹不平的马路通向远方，一辆小四轮拖拉机驶过，扬起一股黄沙。

果园里，一位留着山羊胡子的维吾尔族老人正在树下浇水。见到我们，他缓缓地说，这些树是阿拉木罕亲手栽下的，有一百多年了。奶奶当年栽了9棵，现在保留下来的只有这6棵了。

村里人介绍说，这是阿拉木罕的孙子，今年85岁，叫阿拉木罕·司马义。他另外还有两个兄弟，78岁的乌斯曼·依布拉音和72岁的阿拉木罕·木沙，如今他们三兄弟和后人们都生活在这里。

阿拉木罕·司马义领我们进了屋，里面的土炕上坐着两位老人，正是他的两个弟弟。炕上铺着红底黑花羊毛花毯，墙上挂着粉底紫花的壁毯，壁龛里摆满了各种手工艺品，有雕刻着花纹的铜壶、镂空彩绘铜盘、袖珍热瓦甫、土陶罐、花木碗，一顶曲曼花帽端放在艾德来丝绸上，可见这家主人对头饰的敬重。老人从墙上小心翼翼地拿下一面铿亮的铜镜，嘴巴张合了几次，半天才挤出一句话来：“这是奶奶阿拉木罕留下的惟一东西了！”

霍加姆尼亚孜爷爷

东栏杆，维吾尔语意为“落脚休息之地”。那时，东栏杆村的村边上住着一户勤劳、富有的人家，家收拾得像个大花园。每年到了夏天，绿茸茸的草地上跑着云朵般的羊群，坎儿井清凉的泉水顺着弯弯曲曲的小渠流淌，茂密的果树上结满了杏子、桃子，葡萄架下一溜大炕上铺着花毡，路过这里的人们总要停下来，喝口奶茶，吃口香馕。

年轻的主人霍加姆尼亚孜浓眉毛、大眼睛，身材魁梧，浑身是劲。他不光勤劳、英俊，还非常聪明、幽默、能歌善舞。他说的故事人们最爱听，他讲的笑话传出了几百里，人们叫他幽默的“霍加姆尼亚孜”。

久而久之，东栏杆村霍加姆尼亚孜的家，成了商队进出哈密歇脚的地方，也成了人们最爱来的地方。哈密九世回王沙漠胡索特（1881~1930年在位）进京朝见时，偶尔也会在这里停下来休息片刻。

1887年9月的一天，沙漠胡索特一行第二次进京，赶到东栏杆村时天色已晚，就住在了霍加姆尼亚孜的家里，受到了热情款待。晚上吃饭时，见哈密王兴致高，刚满19岁的霍加姆尼亚孜灵机一动，从墙上摘下热瓦甫唱了起来：

春天您带着我们播下一粒麦种，金秋我们收获了幸福；这礼物比世上一切都贵重，你是太阳让万物生长。

请准备好9只肥羊、30只鹅，再备好美酒和瓜果。来吧！美丽的少女唱起来；来吧！英俊的小伙舞起来。

歌声伴随着手鼓，气氛热烈而奔放，年轻的姑娘们和小伙子们跳了起来。

一曲唱完，霍加姆尼亚孜走到哈密王面前，将手放在胸前行了俯首礼。沙漠胡索特上下打量着眼前这位讨人喜欢的小伙子说：“巴郎子，你的歌唱得不错，还会些什么？”“禀王爷，我还会讲故事，说笑话。”“真的？讲一个听听！”

霍加姆尼亚孜大方地坐在哈密王的面前，讲了个森林里的故事：

从前，森林的虎王要过生日，早早地就发出通告，让森林里的百兽给它送礼祝寿，并规定谁都不能迟到，迟到要重罚。大寿的那一天，百兽都带着礼物来了，只有猴子和兔子没有按时来。不一会儿，猴子捧着一个大寿桃来了，生气的虎王下令将猴子带的礼物塞进它的屁股里，开始猴子疼得大叫，后来却又笑个不停。虎王觉得奇怪问：“猴子，你为什么要笑？”猴子笑着答道：“大王，我在笑兔子，它就在后面，它送给您的寿礼是西瓜……”

一串串幽默故事和笑话，惹得沙漠胡索特笑个不停，更加喜欢霍加姆尼亚孜了，就留在身边让他做了王宫艺人。平时霍加姆尼亚孜陪伴着哈密王，有空时唱歌、讲笑话给哈密王解闷。操劳了一天的哈密王，每当见到霍加姆尼亚孜，一切烦恼、疲惫仿佛一扫而光。

过了一段时间，一连几天，平时爱说爱唱的霍加姆尼亚孜沉默不语，哈密王觉得很奇怪就问：“我的小八哥怎么不开口了？”霍加姆尼亚孜终于红着脸说出了心事：

“昨天，从迪化来了几个商人，他们说有个叫阿拉木罕的姑娘，不但人长得漂亮，还特别聪明。这些日子她在那里摆擂台对歌招亲，并宣布谁要能对上她的歌，她就嫁给谁。南疆北疆许多大巴依，坐上马车带上财宝去会她，至今还没有一个人……”

哈密王听罢哈哈大笑：“原来你是在想念远

方的那位美丽的姑娘阿拉木罕！雪莲绽放在天山上，只有勇敢、智慧的人才肯能采到；雄鹰翱翔在蓝天上，只有经过风雨才能变得更坚强！去吧！我们天山下最勇敢的小伙子！”

此时，在迪化城二道桥附近一个宴会厅里，正在举行着热闹的对歌会，里面坐满了身着绣花坎肩、穿金戴银、腰缠万贯的大巴依。他们的目光全都被一位美丽超群的女子所吸引，心里打着各自的小算盘。

阿拉木罕奶奶

阿拉木罕从小生活在库车，父亲是当地有名的工匠，会做一手好活；母亲是裁缝，巧手能缝出各种各样的花裙。阿拉木罕从小就聪明伶俐，跟着母亲学会了针线活、民间舞，跟着父亲学会了唱歌、弹奏都它尔。到了16岁时，她已经出落成美丽、大方、活泼、能干的大姑娘，成了库车的“一朵花”。

当时，民间流传着许多赞美她的歌，其中一首是这样：

不知道她的人都说，

阿拉木罕是什么样？

樱桃小嘴细柳腰，大眼睛弯月眉。看到她的人都知道，她的嘴比樱桃还红，她的腰比柳还细，她的眼睛能勾走你的魂。

阿拉木罕继承了父母的所有优点：百灵鸟般的歌喉，迷人的身材，能弹奏优美的曲调，还会做一手女红（针线活）。她不光是外表美，还有一颗善良的心。谁家有喜事了，她送去动人的歌声祝福；谁家的姑娘要出嫁了，她帮着母亲在新嫁衣上绣朵花。很快，人们都知道，库车有一位心灵手巧的姑娘阿拉木罕，上门求亲的人络绎不绝，快把她家的门槛踏平了。

谁不想娶她为妻？谁不想与她共眠？梦想得

摄影：文焱

到她的人数不清。

18岁那年，由父母做主，阿拉木罕嫁给了一位有钱的商人，坐着马车跟着驮队，翻过天山走过冰川来到了迪化。

这里是商贾云集的地方，都听说从库车来了一位美女，谁都想目睹她的风采，见过她的人没有不为之倾倒的。有钱的商人自从娶了阿拉木罕后，生意也红火了起来，许多人都找上门买他的货。开始，商人还热情款待上门求货的人，后来他发现原来那些来买货的人，是要看"金屋藏娇"，他心里很窝火。

一些见不上、更得不到阿拉木罕的人，"吃不上葡萄就说葡萄酸"，心生妒意，编歌讥讽、嘲笑她：

阿拉木罕的院子里有棵歪葡萄藤，

你再看看阿拉木罕，她的牙齿往外翘。

阿拉木罕皮肤白，白得像连木沁（地名，在鄯善县境内）的棉花，

不过她平坦的胸像刨过的木板。

一天，商人听到了一些风言风语，气不打一处来，对着阿拉木罕连喊了3声："你走吧！"阿拉木罕穿着母亲给她缝制的嫁衣，带着父亲亲手为她做的都它尔，伤心地离开了这个家。

从此，性格倔犟的阿拉木罕，不再相信男人，她发誓要凭着自己的智慧寻找幸福。于是，她在迪化最热闹的地方搭起擂台对歌招亲，通过对歌选心上人。

爷爷将奶奶娶回了家

那天，眼看着太阳就要落山了，霍加姆尼亚孜赶着马车整整走了18天，终于到了迪化二道桥，找到了打擂对歌的地方。里面已经坐满了人，玉素甫江用手指压在嘴上，暗示他别动嘴光用眼睛看。

霍加姆尼亚孜抬眼朝擂台上望去，只见端坐在中间的女子，白皙的皮肤，鸭蛋形的脸；长长的睫毛，难挡那双水灵灵的大眼睛；眉毛弯得像月牙，小嘴红得像樱桃；两条又黑又粗的大辫子，在柳腰间随意地摆动。她正用歌机智地应对前来挑战的男人。

这就是朝思暮想的阿拉木罕？这就是人见人爱的阿拉木罕？她的美丽能让太阳失去光芒，她的温柔能让月亮低下头，她比想象中还要美千倍万倍。此刻，霍加姆尼亚孜的胸膛里，就像是揣了个小鹿跳个不停。

几个回合下来，巴依个个耷拉着脑袋败下阵来。输了没什么可说，走人，财宝留下！巴依们摇着头灰溜溜地退了下去。一旁看热闹的百姓过足了瘾：巴依们平时耀武扬威，今天被聪明、美丽的阿拉木罕打败了！祝愿她早日找到归宿！

阿拉木罕含笑走下来，将得到的金银财宝一一分给了百姓。

姑娘啊！你的心像金子般闪光！你的爱比坎儿井的泉水还多！这样好的姑娘谁人不求？霍加姆尼亚孜鼓起勇气站了起来，他亮开嗓子唱道：

我赶了二九一十八天的马车，

走了一千二百里的远路，为的是只看你一眼。

我没钱送你蓝宝石，心里却镶着一颗燃烧的"红宝石"，那是一颗爱的心。

高大英俊的身影，动听美妙的歌喉，真诚朴实的表白，一下子打动了阿拉木罕的心扉。她羞红了脸，低眉垂眼轻声唱道：

雪莲在什么山上开得最美？

骏马为什么要飞奔在草原上？

水的源头在哪里？

永远不变的是什么？

霍加姆尼亚孜深情地望着阿拉木罕，大胆迎上去唱道：

百灵鸟叽叽喳喳等待花开放，雪莲开在冰山上等待勇敢的人；黑骏马奔驰在草原上，是为了寻找雕花的马鞍；水的源头是山涧涌出的泉水，爱的源泉是心里淌出的真情；等到天荒地老海枯石烂，永远不变的是我们永恒的爱情！

阿拉木罕完全被眼前这位小伙子征服了，她终于找到了心上人，幸福的泪水涌了出来……在人们的祝福中，霍加姆尼亚孜和阿拉木罕举行了隆重的婚礼。

摄影：文焱

爷爷和奶奶的故事

1890年的金秋，一天早晨，一阵清脆的马铃声将沉睡中的哈密城唤醒。霍加姆尼亚孜和阿拉木罕乘着哈密王沙漠胡索特送的那辆花马车回来了！喜讯像长了翅膀似的飞遍了每个角落。

哈密王喜出望外，立刻派人将这对新人接进了宫。见到哈密王，霍加姆尼亚孜领着新婚的妻子行了大礼，连声说："感谢大王的恩赐，更感谢大王给了我胆量，我将阿拉木罕带回了家！"哈密王走了下来，拉起他们的手满面春风地说："我没说错吧！雪莲是在等待勇敢、智慧的人去采；雄鹰搏击风雨，才会飞得更高更远得到猎物！愿你们的爱情比花更艳，比火更红！来吧，祝福这对新人，让他们永远生活在蜜罐里！"

热烈的"哈密木卡姆"乐曲响了起来，热情奔放的"青苗麦西来甫"跳了起来，整个哈密都在为这对新人欢呼、歌唱。

阿拉木罕跟着丈夫终于回到了家——东栏杆村。

那天晚上，半个月亮爬上树梢，小村一片寂静。月光洒落在远处起伏跌宕的沙山上，好似泛起粼粼波光，那沙枣树、胡杨树都一下子变得风姿绰约而又扑朔迷离，简直像一首多情的诗。

他们相互依偎来到果园，想着自己不平凡的经历，阿拉木罕靠在丈夫的胸膛上哭了。

"我的心上人，今天是个高兴的日子，为什么要落泪？"

"亲爱的，这是胡大的安排！遇见你，是我一生最大的幸福，那是快乐的泪水、甜蜜的泪水！"

阿拉木罕看着丈夫，眸子里闪烁着深深的爱恋。妻子发自肺腑的语言，掀起丈夫情感的波涛。霍加姆尼亚孜用那双多情的手，轻轻摩挲着妻子那黑瀑布似的长发。

如果说，男人宽阔的肩膀是女人生命小船栖息的港湾，那么，女人就用爱和温柔为男人筑起了暖巢。

"种下几棵树吧，让它永远作为我们爱情的见证！"

月光下，两个相爱的人在这里种下了9棵桑树。"9"对他们来说寓意深远：长长久久，永远相亲相爱。

阿拉木罕留在了东天山脚下。一首民歌真实地记录了那段历史：

我叫一声阿拉木罕，回音传自麦盖西（今哈密回城乡）。听她的回音我心满意足，但愿爱情之火永不熄灭！

到帕米尔过古尔邦节

文 / 韩连赟

摄影：文昊

我曾 8 次登上帕米尔高原，主要是为了拍摄塔吉克族的民俗。而每次在帕米尔高原的崇山峻岭中穿行，总能看到远离山道的峡谷中散落着一些星星点点的小牧村。后来，我得知那些村落是柯尔克孜族牧民的聚居点，便对生活在这海拔三四千米的大山中的人们产生了浓厚的兴趣。每次，我都在心里告诉自己：一定要去看看他们的生活状态。

2005年的大年初八，我就怀着没和家人过团圆年的内疚，毅然踏上了西去的列车。但当踏上祖国最西部的山城——乌恰县新城（1985 年地震后新建），我还是激动不已，觉得“未虚此一行”。坐落在帕米尔高原的乌恰县及附近农村人口仅 7000 人，乌恰县原名“乌鲁恰提”，意指“伟大的山谷”。到了那儿，你会发现它真是名副其实。四面高山林立，云雾缭绕，虽然走在县城，仍有进入大山的感觉。

我是无心多流连小城美景的，因为我是冲着 2 月 12 日的古尔邦节来的。古尔邦节可是穆斯林盛大的节日之一。因此，2 月 11 日一到小城，我便迫不及待地寻找着第二天的拍摄地点。我想我应该找全县最大的清真寺，拍摄第二天清早柯尔克孜人做礼拜的大场景。然而，扛着沉重的摄影器材，我在城中转了大半天，却大失所望。我重新回到刚下车的地点，才知刚下车时看到的那个不起眼的清真寺就是全县最大的清真寺了。

为了方便拍摄，我住在了寺院边上的新城招待所。房间好冷，我问老板能不能把他的“土暖气”再烧热一些。他说，这里的冬天几乎没人住宿，招待所本来就赔钱，哪敢再多烧煤？无奈，我只能回房间把两床被子盖在身上睡。毕竟几天来路途劳累，迷迷糊糊，我渐渐进入了梦乡。一声巨响，一股冷风把我吹醒了。原来，起大风了，窗没关好。醒来后，我无法再入睡了，又冷又饿，就干脆开灯读书消磨时间。可昏暗的灯光下，我根本看不成书。这时，我隐隐约约听到隔壁房间有说话声，就穿上衣服，叩响了隔壁房间的门。

开门的是一位看上去有五十多岁的维吾尔人。他叫巴哈提。顺着昏暗的灯光望去，里面的床上还坐着一个衣衫破旧的老人和一个小孩。我歉意地说声：“萨拉姆空姆？”（祝福语）老人欠欠身，表示请坐，我就随身坐在了床头。老人问：“你从哪里来？是干什么的？是什么民族？”大约是我这身打扮和我说得流利的维吾尔语给他们带来了疑惑。我刚要开言，孩子发话了：“阿大，他是‘阿西克’（苦行僧）嘛。你没看他的头发和衣服？”发式和服饰奇特的流浪汉在新疆各地被称为“阿西克”。我顺口答道：“对、对、对，小弟弟说对了！我确实浪迹新疆十多年，只是我区别于其他‘阿西克’的是带着相机瞎拍。这次是来赶拍古尔邦节活动的。”同为天涯客，相逢即相识，我们4人自然而然地攀谈起来。老人说：“我叫买买提·吐松，年年都到乌恰县来赶古尔邦节，已经十几年了。”他抚摸着身边小孩的头说：“艾山·买买提就是12年前我和他母亲一起来赶古尔邦节时生在乌恰县的，现在已经12岁了，可惜……”说着，他的脸有些扭曲，语气也沉重了许多。他说：“艾山的母亲已无法再和我们一起来赶古尔邦节了。因为前年伽师大地震，房梁砸断了她的腿。她只能拖着残疾的身子在家照顾另外4个孩子。”说到这儿，他又“得意”起来：“别看我是农民，只种了4亩半地，胡大（真主）可并没嫌弃我矮小的土房，不但给我送来了仙女似的妻子茹仙古丽，还在我沉醉在爱的睡梦中没醒来时，给我接二连三地送来了5个孩子！如果不是地震砸伤了我妻子的腿，谁知道胡大还会给我送来多少个孩子……我们每年都住这个招待所。虽然冷一点，可这里既便宜又方便。今天你来了，看来我们的队伍在不断扩大，招待所的老板要发财了。”说着，他笑了。我回房间拿来一瓶酒，老人和巴哈提拿出一些杏干和干馕，我们边喝边聊，不知不觉就喝干了酒。巴哈提又到街上去找酒，结果吃了“闭门羹”——毫无收获，气得我们大骂了半天，只好相约明晚再喝，各自睡下。梦中门被敲响，买买提·吐松老人站在门口，说：“天都亮啦，你没听到寺院的叫声？”我赶紧翻身起来，赶快准备。

朦胧的夜色还没褪去，夜里下了一场大雪，小城成了银白色。三五成群的人们匆匆向寺院走去。晨光灰白，我不停地拍。拍完礼拜，我又跟赛买提去墓地拍祭祖的情景。

赛买提家在离城8000米的黑孜苇乡。从墓地回来，赛买提开始准备宰羊。只见他先将羊抱上房顶祈祷，然后宰杀并将羊血抹在自己和家人的额头上。他说：“这样胡大才知道我已宰牲。羊肉、羊皮留在了人间，羊的魂一定会去胡大处汇报我们的情况，为我们以后升入天堂开来‘通行证’。”我不解地问：“为什么羊不在地上宰而要抱到房顶上去宰？”赛买提说，这是献祭给胡

◎摄影：文昊

大的羊，一定要纯洁。地上脏，血流得到处都是，那怎么行！赛买提像庖丁解牛似的用一把刀按骨节把羊肉分成了32份。头是给谁吃的，肋是谁最有资格吃，均有讲究。等一家人忙着煮好了肉，客人也就到了，大家围着大大的餐巾旁吃肉、聊天。肉由"阿合沙哈勒"（来客中年龄最大、辈分最高的老人）分给每个人，每个人都要抓着"一黑一白"（羊尾油加切成小块的肝）来吃。本来，羊头肉是专给主刀的"阿合沙哈勒"吃的，但老人却把它分给了在座的所有人，以表节日祝福。我正抓拍着这有意思的场景，"阿合沙哈勒"递给我一块"尖巴什"（后腿肉）。我简直有点受宠若惊。因为，除了羊头肉外，这是给最尊贵的客人食用的，我怎能受用？赛买提说，在座的除"阿合沙哈勒"以外，就数你最高贵了。你是胡大送来的客人，平时我们请也请不来。胡大在这么伟大的节日里把你送来，你不能推辞。我只好象征性地吃一点表示从命。

客人们走后，我发现餐桌上的羊头、羊尾肉都没吃完，便不解地问赛买提："这是怎么一回事？"赛买提说，这是明天早上送寺院的。明天，我还要再宰一只羊，煮熟后加上今天的羊头、羊尾肉，一起送到村上的寺院。到时候，人们把带来的肉和食品全部集中在一起，由"阿合沙哈勒"均分给全村人，让大家无论穷富都过年。帕米尔的柯尔克孜族兄弟让我好像回到了原始社会。

天色不早了，尽管赛买提执意要我住下，我还是歉意地告别了，迎着最后一束晚霞向县城走去。路过街边商店，我买了两瓶伊力大曲。回到招待所，买买提·吐松、巴哈提、小艾山都已"收工"。小艾山头上多了一顶新帽子，巴哈提说他收了36张羊皮……我放下摄影包，打开白酒，买买提·吐松献上肉，在这祖国最西部的乌恰县新城招待所，我们召开了最具特色的"赶节总结会"，一直开到深夜很晚，很晚……

摄影：王树声